Raphaële Billetdoux ist die Tochter des bekannten französischen Dramatikers François Billetdoux. »Meine Nächte sind schöner als Deine Tage« ist ihr fünfter Roman, wurde mit dem zweitwichtigsten Literaturpreis Frankreichs, dem Prix Renaudot, ausgezeichnet und erreichte eine Auflage von fast einer halben Million Exemplaren. Er wurde in elf Sprachen übersetzt und verfilmt.

Vollständige Taschenbuchausgabe 1988
Droemersche Verlagsanstalt Th. Knaur Nachf., München
Lizenzausgabe mit freundlicher Genehmigung des Benziger Verlags
Titel der Originalausgabe »Mes nuits sonz plus belles que vos jours«

Aus dem Französischen übersetzt von Christel Kauder

Umschlaggestaltung Adolf Bachmann
Umschlagillustration Pino Daeni
Druck und Bindung Elsnerdruck, Berlin
Printed in Germany 5 4 3 2
ISBN 3-426-01602-8

Raphaële Billetdoux:
Meine Nächte sind schöner als Deine Tage

Roman

Knaur

Für meinen Vater

Viens plus bas, parle bas . . .
Le noir n'est pas si noir . . .

PAUL VALÉRY,
la Jeune Parque

I

Zunächst war es einfach schwer, den Blick von dieser tiefen, vergifteten Wunde zu lösen, die quer über den Himmel lief und über Paris eine Art Feuersglut entfachte. Die wildesten Landschaften, die unglaublichsten Tiergestalten waren dort abgebildet, wie gemeißelt in den Purpur sterbender Engel, von denen man wegen der Brechung des Lichts nicht mehr sehen konnte als das leuchtende Gold der Trompeten. Unter diesem letzten Tageslicht wurden Menschen, Vögel, Autos wie vom Wahnsinn gepackt. Der Einbruch der Dunkelheit und die Hektik der Welt ließen lediglich eine Illusion von Wind aufkommen; die Hitze blieb. Kinder schlugen der Länge nach hin und begannen erst dann zu weinen. Hunde drehten sich um sich selbst und suchten den Blick der Menschen. Der Tag mußte lang gewesen sein; nun war er mit einem Mal vorbei. In dieser Stunde eines fast religiösen Empfindens trifft einen plötzlich wie ein Schmerz die Erkenntnis, nicht geliebt zu sein und das Leben von Menschen des anderen Geschlechts, die vorübergehen, ohne einen zu beachten, nicht einmal anrühren zu dürfen.

Einsam und verlassen saß er da auf seinem Stuhl und hatte völlig vergessen, daß er ganz in Weiß gekleidet war und daß dieses Weiß über seinem großen, trägen Leib in diesem letzten Aufflackern des Lichts anderen Menschen einen Augenblick lang genauso weh tun konnte, wie ihm das Schauspiel des Himmels am Horizont jedesmal weh tat, wenn er hinsah. Jedermann hätte ihn verletzen können. Er kam sich verloren vor wie im Wasser. Er ließ sich willenlos verschlingen von den Lauten und den Bewegungen, von den Farben und den Frauen und den Schenkeln der Frauen, von allem, was sich ringsum regte. Und so saß er, die Beine von sich gestreckt, die brennenden Augen auf nichts gerichtet, in eine Leere, die von dem Stuhl, auf dem er saß – irgendwo in Paris auf der Terrasse eines Restaurants –, bis zur äußersten Spitze des Landes reichte, die sich ihm abzuzeichnen schien, dort, wo der letzte Felsen Frankreichs sich in flimmernde Luftteilchen auflöst . . .
Wiederholt vom Gähnen befallen, versuchte er jedesmal, einen Augenblick lang sich gänzlich auszugähnen, und jedesmal, wenn er den Mund wieder öffnete, hoffte er, daß seine Seele sich ganz erbrechen würde. Trotz allem, was sie in

Paris hatte über sich ergehen lassen müssen, meinte er, all die feinen Häute und Kammern spüren zu können, die sich im Herzschlag seines Lebens verbanden.
Ein trockener Laut riß ihn aus seiner Träumerei. Ein goldenes Feuerzeug lag plötzlich vor seinen Füßen. Er hob die Augen und begegnete dem Blick einer jungen, vollschlanken Frau, die sich auf die Lippen biß. In den Sinn kam ihm jedoch das Wort Mädchen, und gleich darauf: Blut. Und gleichzeitig sagte er sich: Ihre Lippen sind schwarz. All das mußte mit der eigenartigen Dämmerung zu tun haben. Er bückte sich und hob den Gegenstand auf.
«Darf ich Ihnen etwas zu trinken anbieten?» hörte er sich zum eigenen Erstaunen fragen.
Er reichte ihr das Feuerzeug. Sie nahm es auf ungemein zurückhaltende Weise an sich und lächelte wie zur Entschuldigung. Sie zündete sich die Zigarette an, die sie in der Hand hielt, und legte das Feuerzeug wieder hin. Mehr als eine lange Haarmähne konnte er von ihr nicht erkennen.
«Pardon», sagte er, «ich habe Ihnen eine Frage gestellt. Und Ihre Antwort habe ich nicht gehört.»
Die Haarmähne drehte sich ihm zu, zwei Augen blickten ihn an. Bei einem Tier nimmt man Ohren, Schwanz, Körperbewegung oft als Ganzes wahr. Aber solange man den Blick nicht mit den unverhüllten Augen eines Menschen gekreuzt

hat, läßt sich kaum behaupten, man sei ihm begegnet ... Er wußte nicht mehr, wie lange schon sie ihn mit diesem Blick festhielt, einem grausamen, festen, tiefen Blick, so daß er sich vorkam, als sei er bei lebendigem Leibe mit einer Stange aufgespießt, als sie ihn plötzlich wieder losließ.
«Die Antwort lautet selbstverständlich: nein», sagte sie einfach.

Von seinem Stuhl aus konnte er die kleine rote Wolke wiederfinden, Tausende von Kilometern entfernt, die er sich in der Tiefe des Blaus unter allen andern ausgesucht hatte. Damit hätte er zufrieden sein können. Aber der Klang dieser Stimme, die da eben an sein Ohr gedrungen war, pflanzte sich wie von selbst in seinem Bewußtsein fort; er konnte sie nicht mehr vertreiben. Es war gar nicht nötig, Worte zu finden. Er brauchte sich gar nicht zu sagen: ich fühle mich nicht wohl, oder: ich bin traurig. Oder: das arme Mädchen ist verklemmt. Oder: wie verschiedenartig doch die Menschen auf Erden sind ... Ihm war es klar, ihm war alles klar, er hätte die Augen schließen können: dort, einen Tisch weiter, die Verliebten, Hand in Hand, wie niedergeschlagen; im Hintergrund die Wirtin mit ihrer bellenden Stimme und durchsichtigen Bluse; dort drüben die Blonde, die ihre Frisur wieder geordnet hatte und nervös den

Ringfinger rieb; an der anderen Ecke der Bar dieser Typ, der den Zeigefinger total verkrampft um den Füller hielt und auf jede noch weiß gebliebene Stelle des schmutzigen Hefts wütend immer wieder schrieb: «Das Bett zählt nicht, das Bett zählt null ...» Dann die Kinder auf ihren kurzen Beinen, die von allen Seiten her in die Juliluft hineinweinten; die alten Damen des Sommers, die das Licht noch schwärzer malte, als sie am Bordstein fast stehenblieben; und dann diese schlaksigen Charaktere im Übergang, die mit ernster Miene von sich behaupten: «Wir sind die Jugend ...»

Er brauchte nur die Augen zu schließen, und er sah sie vor sich: die Tausenden von Menschen auf den Flughäfen, die mit einem Gesicht wie beim Jüngsten Gericht auf die Laufstege zueilten; die Männer und Frauen, die zu dieser schrecklichen Tageszeit, wenn man noch keinen Hunger hat und doch weiterleben muß, am Strand noch Taschen, Schaufeln und Handtücher einsammeln und auszanken müssen, was jünger ist als sie selbst; wieder andere Menschen in Häusern, Wohnungen, Bauernhöfen, die schwitzen, Sehnsucht hatten, Sorgen; und dann überall Straßen, Brücken, Felder, Wasser, Laubwerk und Insekten ... Bitte sehr! Das war's, das war der Sommer: ein flüchtiger Glanz vor der Tür eines jeden Menschen und unter der strahlenden Oberfläche die heimtückisch demütigende Erfahrung der

Unvollkommenheit ... Was wußte diese unschuldige Frau neben ihm schon vom tiefen Sinn des Sommers? Was der Sommer Menschen bedeutete, die eben ihre Mutter überlebt haben, oder – weil gerade einer auf dem Bürgersteig auftauchte – für die Dickleibigen mit den Gesten von Ballettänzern, oder was der Sommer einem Künstler bedeutete, für den die Sonne ein Zeichen des Todes war? Man mußte sich alles genau überlegen, auf der Hut sein ... Hatte sie sich nun zufällig dort hingesetzt und wartete darauf, bemerkt zu werden, und war doch nur eine Ameise unter Ameisen? Oder stellte sie sich in dieser Stunde der Melancholie gewissermaßen öffentlich aus und hielt sich für geistreich? Wenn man noch dazu ein so süßes und zurückhaltendes Gesicht hatte, daß es schicklicher gewesen wäre, vor dem Ausgehen ein Höschen darüber zu ziehen, so antwortete man nicht leichtfertig «die Antwort lautet selbstverständlich nein», ohne den möglichen Einfluß des Sommers auf die allgemeine Mühe zu leben zu bedenken, bei der Lebensschwierigkeit des Nachbarn anzufangen ...

II

Er kreuzte die Beine und setzte sie wieder nebeneinander auf den Boden. In einer Schneise des Himmels hielten sich noch ein paar Orangetupfer von Licht, sonst war alles in Marineblau umgeschlagen. Nichts wollte mehr gehen. Eine kleine Musik war verstummt. Er war bedrückt, er wußte nicht warum ... Ein solches Gefühl kam von ganz weit her, oder es überfiel ihn plötzlich, wie etwas, das mit einem Male einfach da ist ... Die milde Luft des Boulevards, das Blätterwerk, das sich wieder schloß, das Konzert der Gabeln, dieser Geruch nach heißen Schnecken, diese unerklärliche Hast des Abends, welche durch Erwachsene aufkommt, die sich fertigmachen ... Und ebenso das Wasser, wie aus den Tiefen der Zeit hochsteigend und nachklingend, das sturzbachartig in sein Bad einfloß, während er, klein aber mutig, die Schritte der Frau mit den verbrühten Händen unabwendbar näherkommen hört, die ihn aus seinem Versteck zerren, ausziehen und seine letzte Hoffnung zunichte machen wird ... «Wie? Was

muß ich da hören? Wie kann man denn nur so weinen, wenn man Mamas Liebling ist?» Der Mann wartet geduldig auf den Stufen vor dem Hauseingang. Hinter der halbgeöffneten Tür pudert sich wohlbeleibt eilig die Frau, die an allem Unglück schuld ist und die auf geheimnisvolle Weise in ihrem Bett zurück sein wird, wenn morgens mit dem ersten Gedanken die kleinen Fliegen, die Schmetterlinge, die Bienen wiederkehren und alles im Zimmer, was fröhlich ist und Flügel hat und Krach macht . . .
Aber seither waren dreißig Jahre vergangen.

Instinktiv schaute er nach dem Mädchen. Sie hielt das goldene Feuerzeug vor sich, sie war immer noch da und tat doch so, als wäre sie gar nicht da – welch eine Heuchelei! Schlagartig wurde ihm klar, daß sie die Ursache des heimlichen Unglücks war, das ihn befallen hatte wie Tau. Sie gehörte zu der blutvollen Sorte von Mädchen, die aus dem Sommer ein Privatprivileg für sich machen, einen persönlichen Erfolg, eine Huldigung, die nur ihnen allein dargebracht wird. Sie war ein Mädchen, das die Frische des Wassers, das Rot der roten Früchte, das Begehren im Auge eines Mannes einfach für sich in Anspruch nahm, sie war der Typ von Mädchen – und er ballte vor Wut die Fäuste –, das an sich rafft, was es an Freiheit und an Unentgeltlichem nur geben könnte auf dieser Welt; sie war ganz das Mädchen, das einen nervt, das aus einer Wespe auf seiner Haut ein Juwel machte, das dem schmeichelhaften Echo der Nacht befriedigt ein unaufhörliches Lachen zurückwerfen würde, genau der Typ von Mädchen, dessentwegen die Grasmücken, die Amseln, die Pirole und all die dramatischen hellen Stimmen der Morgendämmerung vor Neid sterben würden, und darauf würde sie nur sagen: Mein Gott, ich muß meine Stimme pflegen, sie ist mir von Gott anvertraut worden! Da haben wir's, so ist sie noch vor ihrem Tod, eine Frau, die es ausnutzt, daß man klein und im Schlafanzug ist, und in einer Wolke lähmenden Parfüms kommt sie daher und sagt: Auf-Wiedersehen-bis-morgen, und macht sich im Mondschein davon, während die Kinderfrau die ausgezeichneten Nudeln mit Käse kocht; da haben wir genau diesen Typ Frau als junges Mädchen, das einen das Elend, auf die Welt gekommen zu sein, wie eine Eiterwunde spüren läßt, einen mit zusammengekniffenen Lidern bis in die hinterste Ecke des Gartens laufen macht und dort, dort ... Bevor er begriffen hat, was er tut, hat er ihr das Feuerzeug weggenommen und schleudert es wieder auf den Bürgersteig.

Dann drehte er ruhig den Kopf weg.

«Meinen Glückwunsch!» hörte er. «Offen gestanden, jetzt haben Sie doch tatsächlich mein Interesse geweckt», sagte die junge Frau fröhlich, während sie das Feuerzeug aufhob.

Obwohl ihn die jetzige Blickrichtung, wo aber auch gar nichts seine Aufmerksamkeit erregen konnte, ziemlich langweilte, wandte er sich nicht um.
Stille breitete sich aus, die ihnen gehörte, die sie selbst schufen; es war eine erste Gemeinsamkeit zwischen ihnen. So entstand deutlich ein Vakuum in dem Getöse ringsum. Von ihm war für sie nicht mehr als der Nacken und ein Stückchen vom Ohr zu sehen. Das Kinn gegen die Brust gedrückt, gewann er bei der Betrachtung des eigenen Körpers den Eindruck, daß das ganze Weiß seiner Kleidung im Dämmerlicht allzuviel Aufmerksamkeit erregte.
«Jetzt würde ich gern etwas trinken», murmelte sie.
Die Stimme erreichte ihn wie aus großer Ferne. Er fühlte sich von der Langeweile eingefangen, einer unvorhersehbaren, unermeßlichen Langeweile. Was war das für eine Frau, die einen Drink haben wollte? Er konnte sich nicht erinnern. Er fühlte sich wohl. Auf jeden Fall würde er sich nicht darauf einlassen – sonst müßte man reden, sich Mühe geben, sagen: ich bin dies und das. Und Sie? Er verspürte dazu nicht die geringste Lust.
«Jetzt ist Zeit zum Abendessen», sagte er undeutlich.
«Wie bitte?»
«Ich sage, jetzt ist Abendessenszeit», sagte er mit

einem Zittern von Wut in der Stimme. «Jetzt werden keine Drinks mehr serviert.»
«Keine Drinks mehr serviert?» wiederholte sie. «Na, so was, es wäre wirklich das erste Mal, daß . . .»
«Hören Sie», sagte er, «es tut mir leid, aber ich bin schließlich nicht für die Bedienung zuständig. Sehen Sie sich doch um!»
«Aber ja doch, ich sehe mich um und ich . . .»
«Aber ja doch, ja, Sie sehen sich um und sehen wieder einmal gar nichts», schrie er. «Sie können doch wohl erkennen, daß die Kellner gewechselt haben, daß dies jetzt die Abendkellner sind!»
«Und was sollte uns daran stören!» rief sie.
Er verstummte vor Bestürzung. Sie war aus der Fassung geraten und sagte nichts mehr. Doch beim Knarren ihres Korbstuhls wußte er sofort, daß sie es nicht dabei belassen würde.
«Wenn man zu Abend essen muß», sagte sie schlicht, «dann essen wir eben ein bißchen zu Abend . . .»
Er sprang auf und begann, das Kinn zum Himmel gereckt, all seine Taschen auf einmal abzutasten.
. . . Da sie außer der Masse seiner Schultern nichts sehen konnte, und das war eine regelrechte Felswand, die da vor ihr emporragte und ihr außer dem völligen Rückzug keinerlei Ausweichen erlaubte, geriet sie unter der überraschenden Mischung von Charme und Ungeschliffenheit ins Schwanken. Ihr Herz war aufgewühlt vom Auf

und Ab dieser Unterarme mit den kraftvollen Venen unter dem weißen Stoff mit dem Geruch nach Sonne und von der Akrobatik dieser zwei Hände, die mit ihrem Jonglieren in der Dämmerung wie acht aussahen und sich von seiner Brust zu den Seiten und von den Seiten zu den Hüften bewegten. Sie dachte daran, ihm ihre Hilfe anzubieten, wie man es tut, wenn die Menschen in Schwierigkeit sind, aber wenn er sich in Höhe ihrer Wangen auf die Hüfte schlug, lenkte das dumpfe Geräusch ihre Aufmerksamkeit jedesmal auf diese von der Rückenwölbung gebildete Vertiefung ab, wo sich hemmungslos die Flut seines weiten Hemdes ergoß. Es waren nicht seine Hände, seine Arme, der tiefe Klang seiner Stimme; es war auch nicht das Äußere dieses Mannes, der im allgemeinen wohl Erfolg hatte, in seiner augenblicklichen Gebrochenheit. Mehr als das und alles, was er gesagt, getan oder vorgezeigt haben könnte, um ihr zu gefallen, war es diese kleine Mulde dort unten an seinem Rücken, die sie für ihn einnahm, weil sie sich ihr heimlich enthüllte, weil sie an den Knochen erinnerte, auf die man Kühen einen Klaps gibt, weil sie, eingezwängt in die weißen Jeans, den Gedanken an einen Verband hervorrief. Aus allen möglichen wirren, unbekannten Gründen sollte ganz allein diese kleine Mulde dort den Sieg über alles andere davontragen, als er sich abrupt mit irrem Blick zu ihr umdrehte.

«Haben Sie vielleicht meinen Tabak gesehen?» fragte er.
«Ihren Tabak?» schrie sie wie im Traum. «Wo ist er?»
«Das frage ich Sie ja gerade», sagte er streng.
Während sie versuchte, sich zu fassen, ging ihr die Absurdität der Situation auf.
«Aber was für ein Tabak?» fragte sie wütend. «Und was geht mich Ihr Tabak an?»
«Allerdings nicht mehr, als mich Ihr Feuerzeug anging», sagte er. «Kümmern Sie sich immer nur um sich selber?»
«So ist es», sagte sie. «Und Sie wären gut beraten, es genauso zu machen. Herr Ober, bitte!»
«Möchten Sie etwas essen?» fragte der Ober.
«Nein, ich möchte mich beruhigen», sagte sie, völlig außer sich. Plötzlich blickte sie den Ober aufmerksam an.
«Sind Sie einer, der abends bedient?» fragte sie.
«Ah», machte er mit Feinschmeckermiene, «ich habe es lieber morgens, wissen Sie, beim Aufwachen . . .»
Sie ist streitbar, das ist gut, sagte sich Lucas, der sich im Hintergrund gehalten hatte.
«Aber Sie bedienen doch auch am Abend, nicht wahr?» wiederholte sie ernsthaft.
«Kein Problem, Madame! Das darf ich ohne Übertreibung von mir sagen!» sagte der andere lachend und reckte den Hals, den er jedoch sogleich wieder einzog, weil er einen Stoß in den Rücken erhielt.

«Monsieur», schnaubte Lucas, «wir wünschen eigentlich nur zu speisen. Ob das wohl möglich wäre?»
«Dann müssen Sie sich nach drinnen begeben!» rief der Kellner.

III

Am Tisch des Restaurants, von Angesicht zu Angesicht, sprachen sie weiter in der Sprache, die derzeit ihre gemeinsame Sprache war, jene, die man unschuldig zu zweit ersinnt, von einem Klang, der einzig ist auf dieser Welt. So wie sie begonnen hatten, standen sie einander Rede und Antwort, als ob das selbstverständlich gewesen wäre. Aber unter der Oberfläche der Wörter fühlten beide in sich eine dumpfe Trauer pochen wie ein fremdes Leben, das sich an ihnen festgeklammert hätte. Sie sprachen sich an und konnten sich doch nicht mitteilen. Konnten sich eben sagen, daß sie unter der schlechten Luft litten, oder zu Beginn eines Satzes etwas tiefer Atem holen, als ihre Lungen faßten, und dann wieder schien es, als ob diese Seufzer aus einer ganz eigenen Atmung aufstiegen. Zwischen ihren Worten gab es seltsame Atemzüge unbekannten Ursprungs. Ihr Ton, ihre Umgangsformen nahmen etwas Demütiges an. Sie hielten zurück in ihrem Schwung, wie zwei alte Leute im Schnee, aus

Angst, daß dieses Phänomen ihnen mitten in einem Wort widerführe, so daß sie seine letzten Silben verloren hätten.

Über Weinflasche und Blumenstrauß hinweg sahen sie sich an. Jeder sah, wie der andere die Augen senkte und wieder hob. Die Gabel in der Hand, öffnete sie die Lippen und schloß sie wieder. Für die einen Beobachter handelte es sich um Tisch sieben, für die anderen, noch prosaischer, um einen Mann und eine Frau, die zusammen speisten. Doch unter der Lampe standen sich zwei Welten gegenüber, die aneinander abglitten.

Er erfuhr, daß ihr Vorname Blanche lautete, daß sie sich Ende August mit Freunden in Südfrankreich treffen wollte, daß ihre Mutter ihre beste Freundin sei und daß sie eine Schwester habe, die sei zierlicher als sie.

Sie erfuhr von ihm, daß er Lucas hieß, daß er Ferien haßte, daß er seit zwei Jahren an einem Buch über Sprache und Sprachtäuschungen arbeitete. Sie zog die Augenbrauen hoch und formte mit ihren runden Lippen ein: «Oh.» Er war ihr dankbar, daß sie mehr nicht sagte. Später würde er ihr vielleicht einmal mitteilen, daß er sie in genau dem Augenblick zu lieben begann, als sie eben nicht sagte: «Wie interessant.»

Sie empfanden nicht den Wunsch, mehr über einander zu erfahren – es wäre völlig bedeutungslos gewesen, wie die Nacht, die sie miteinander zu verbringen erwarteten.

Einzig diese Traurigkeit zählte, die ihnen den Atem nahm und jeden für sich beschäftigte. Sie gab ihrem Gesicht einen besorgten Ausdruck, eine Art Oktoberstimmung. Es war ihnen zumute, als hätten sie ihre Wohnung unaufgeräumt zurückgelassen, sie hätten dringende Papiere in Ordnung bringen, alten Plunder wegwerfen, vielleicht ein Fenster schließen müssen, das schlug; sie waren unruhig, sie wären am liebsten frei gewesen, um nach Hause gehen zu können.
Gleichzeitig machte sich ihr Gedächtnis einen Spaß damit, ihnen heimlich solche idiotischen, beziehungslosen Bilder einzuflößen, an die man sich bei unruhigem Schlaf wie an großartige Offenbarungen klammert. Diese ungelegenen Vorstellungen steigerten ihre Traurigkeit noch, während sie sich zu unterhalten mühten. Denn diese Bilder waren lächerlich und flüchtig, oft häuslicher oder materieller Art und oft auch begleitet von einem völlig absurden Schuldgefühl. Da war beispielsweise plötzlich die Erinnerung an ein Stück Birne, das braun geworden war. Es konnte vom Vormittag stammen, von der vergangenen Woche oder von vor zwanzig Jahren, es war völlig unwichtig, ob es diesen Birnenrest noch gab oder nicht, er war plötzlich einfach zwischen ihnen da mit seinem leichten Alkoholgeruch, seinen Kernen und seinem schrumpeligen Stiel und wollte gegessen oder weggeworfen werden. So trivial und lachhaft war das. Aber das Grundmo-

ment aller Bilder bestand immer aus zwei faulen Stücken und einem Stück Ewigkeit. All diese absurden Bilder waren wie Nadelstiche in Haut, die voller Schuld und Schande eingeschlafen ist. Das machte sie benommen, unruhig, kraftlos. Für den Bruchteil einer Sekunde schien etwas Wesentliches sie gestreift zu haben, eine Art Warnung oder ein Aufruf zur Ordnung. Aber sie konnten nicht gleichzeitig nach innen und nach außen horchen, und so schlich sich in ihre höfliche Konversation zuweilen ein ergebenes Lächeln der Entschuldigung, weil sie nie ganz anwesend waren.

Verlegen und sanft wie zwei, die eben gescholten werden sollen, hielten sie sich an den Rändern der Augen fest und wiegten sich leicht in ihren Blikken. Da wäre bei beiden so vieles zu vervollständigen und abzuschließen gewesen, bevor sie sich auf ein Kennenlernen einließen. Keiner von beiden war darauf vorbereitet, und so konnte jeder nur Worte, jeder nur Blicke geben, die ihnen die Umstände abnötigten und die zu ihrem Unglück beitrugen. Bringen tat all das nichts.

Unscheinbar und winzig waren die Minuten, die verstrichen. Beide aßen nur, um durchzuhalten. Sie entdeckten, daß die ihnen verbleibende Lebenszeit unendlich viel länger war, als sie sich vorgestellt hatten. Die Grenzen waren weiter zurückgewichen. Wie bei einer Nachricht, auf die man allzulang hat warten müssen, empfanden sie nur Niedergeschlagenheit ... Unter die Lampe gebeugt wie zwei Wissenschaftler, die von den gleichen Grundlagen ausgegangen sind, standen sie hilflos vor diesem Rechenfehler, der ihre ersten Ableitungen umwarf und die Pläne, die sie in Zukunft darauf hatten bauen wollen. Bei der Wertschätzung, die die beiden für einander hegten, taten sie sich nicht die Beleidigung einer Kommunikation an: Gemeinsam hoben sie den Kopf und fühlten das gleiche Erschauern. Mit einem ausgeprägten Gefühl dafür, daß sich alles wiederholt, zweifelten sie an dem Sinn dieses Zuschlags von Zeit, da ihnen die verschiedenen Phasen längst vertraut waren, die Euphorie, das Sichkennenlernen, die Nächte und der Bruch. Und als ob sie sich beim Blick in die Zukunft abgesprochen hätten, beim Blick auf die unzähligen kleinen festgelegten Ereignisse des Lebens, mit denen sie von vorn anfangen müßten wie zwei Anfänger, überkam sie an diesem Punkt das Verlangen, nach Hause zu laufen und sich unverzüglich schlafen zu legen.

Unerwartet kam der Oberkellner und reichte Blanche die Dessertkarte. Sie nahm sie entgegen; Lucas machte es ihr nach. Sie begriffen nichts von dem, was sie lasen. Sie gaben die Karte im gleichen Augenblick zurück.
«Einen Kaffee?» fragte er.

«Ja, bitte», sagte sie.

Er vermied es, den Blick allzu offen auf sie zu richten, denn sofort vereinigten sich zu seiner Verwirrung Blanches Augen auf ihrem Nasenrükken zu einem einzigen Auge, um das sich das Ensemble ihres Gesichts wie ein Stoffetzen kräuselte. Blanche hatte das gleiche Problem und zog es vor, mit gesenktem Blick zu sprechen, so daß sich ihre Blicke schon seit längerem nicht mehr begegnet waren. Sie betrachteten sich anders, überall sonst, abschnittweise, und um die ganze Person zu erfassen, machten sie gewissermaßen eine Fußwanderung, wobei sie einsam von Detail zu Detail gingen. Ruhig registrierte sie die Form seiner Finger, das behaarte Dreieck im Ausschnitt seines Hemdes. Er registrierte die helle Farbe ihrer Armbeugen, das Vorhandensein eines Anhängers . . . Mit einem Lidschlag entfernten sie sich, kehrten sie wieder zurück. Sie bildeten sich keine Meinung, sie wanderten dort und ließen sich zu, gaben sich, während sie über andere Dinge sprachen, stillschweigend die Erlaubnis zu landen, wo sie es für richtig hielten.
Bei diesen Blicken von unten her wirkten die beiden um so weniger offen, als sie wußten, daß sie sich im Widerspruch zu sämtlichen Regeln von Anstand und Erziehung verhielten. Doch sie beanspruchten die Ungebundenheit und Immuni-

tät von Fremden, die an der Möglichkeit festhalten, die Existenz des anderen völlig zu ignorieren. Sie sahen sich wieder als Kinder, die bei der Aufforderung «sieh mich an, wenn ich mit dir rede» hartnäckig zu Boden blicken, und spürten die gleiche seltsame Erregung wie damals. Denn bei diesen ziellos irrenden, zärtlichen Blicken, die sich doch begegneten, kamen sie sich auf ihrer nackten Haut unter der Kleidung wie von vielen anderen Augen beobachtet vor, die sich blind im Dunkel hin und her bewegten, in ihrem schmerzhaften Bemühen, zu sehen oder gesehen zu werden. Und auch das machte sie traurig. Blanche spürte zwei Augen auf ihren Brustwarzen, sie mußte die Arme ausbreiten und den Brustkorb dehnen und hätte fast geweint. Sie spürte Augen in den Schulterhöhlen, in den Armbeugen, den Fingerspitzen und zwischen den Beinen, ein Auge, ganz für sich allein, das weinte. Und ihnen dröhnte der ganze Körper von diesem lautlosen, quälenden Schmerz, der trauriger war als das Schluchzen eines Hahnes über einem schlafenden Land.

Sie schnippte mit dem Zeigefinger einen Brotkrümel auf dem Tischtuch fort. Mit einer fast religiösen Andacht waren beide in sich versenkt und verfolgten den Fortgang dieser Metamorphose, in der sich das Leben selbständig macht und alles bebt vor Erwartung, sich frei wie ein Vogel aus dem Morast aufzuschwingen.

Streng und mit ernster Miene zogen sie sich vor diesem vertrauten Unglück zurück. Sie hatten sich vom Sitz ihrer Stühle leicht abgehoben und hielten sich in der Abstützung der Ellenbogen im Gleichgewicht, und so bildeten sie über dem Tisch einen so innigen Kreis, daß einer des anderen Hitze auf der Stirn spüren konnte.
Sie wollten sich noch ein wenig offenbaren, aber ihre Stimmen waren tonlos geworden und brachten außer ein paar Lauten nichts mehr hervor. Da verstummten sie und ließen nur noch ihre Blicke schweifen, während sie an diesem öden, kummervollen Küstenstrich, der sie trennte, wo Schreien, Weinen und Freude verboten waren, dasaßen und auf die Rechnung warteten.

IV

Schließlich standen sie auf, ließen ihre Gläser, ihre Servietten, ihre Stühle einfach zurück, und wie Menschen, die von einer Reise heimkehren, schritten sie durch den Lärm, die Menschen und die Lichter. Blanche zog an ihrem Rock. Lucas streckte die Arme nach vorn, aber da waren keine Türen, und sie standen wieder in der Nacht, auf dem Bürgersteig, wo die Luft die gleiche war wie auf der Terrasse des Restaurants.

Sie drehte sich um, griff sich mit der Hand ins Haar und schob es mit verlorenem Ausdruck nach oben. Aber Lucas setzte sich mit gesenktem Kopf ruhigen Schrittes in Bewegung. Sie fand sich in den Schritt einer Spaziergängerin, die ihre Unabhängigkeit wahren will, und sie bewegte Knöchel und Kopf so leicht, daß niemand auf die Idee kommen konnte, sie liefe ihm nach – und lief ihm nach.

Nur sie allein konnte wissen, daß dieser Schritt, den sie vorlegte, wie um nach Hause zu gehen, und der sie doch von daheim entfernte, nirgendwohin führte ... Während Lucas sich wie in Gedanken bewegte, ging sie, wie eine Frau geht, die ohne Ziel ist: ungleichmäßig, ungraziös, mal nach rechts, mal nach links, so daß sie beinahe bei jedem dritten Schritt mit ihm zusammengestoßen wäre. In ihrer Leere und Verlorenheit wünschte sie sich einen Gedanken von solcher Schwere und Bedeutung, wie er Lucas auf seinem Weg durch die Straßen und Boulevards voranzutreiben schien. Aber obwohl sie äußerlich die Fassung wahrte, hatte sie weniger Erinnerungen als eine Ertrunkene. Und weil er sie nicht mehr ansprach, weil er durchaus annehmen konnte, daß sie es war, die ihn nicht mehr ansprach, da beide im selben Augenblick verstummt waren; weil sie es ein wenig stark fand, alles von sich aus machen zu müssen, und dabei war es schon viel, ihn zu begleiten, ohne Fragen zu stellen, obwohl er vielleicht unerhörterweise auf seine Wohnung zusteuerte; weil auch sie ihren Stolz hatte, gegenwärtig aber nicht auszudrücken vermochte, was sie wollte, und eben weil sie nichts wollte, weder daß er sie einfach so in die Arme nähme am Eingang eines Gebäudes, das sich dann als sein Haus herausstellen würde, noch daß er sie verließe, bevor sie endlich den Sinn dieses Abends begriffen hätte, noch daß er ihr ein Wort sagte, das irgend etwas hätte verderben oder präzisieren können, was sie unter gar keinen Umständen präzisiert haben wollte; und weil ihr gleichzeitig hier und da ein Duft von Liebe, Schlamm und Zucker entgegenkam, da die Nacht klar war, die Luft frischer, die Leute wohlwollend, entdeckte sie, daß nichts ihr besser hätte gefallen können als dieser stille, planlose Marsch durch die Stadt, und im Aufflackern dieser Erkenntnis empfand sie ein Gefühl von Dankbarkeit und war drauf und dran, sich bei ihm einzuhaken, so wie sich ringsum die glücklich erfüllten Frauen führen ließen . . .

Mit der Wiederkehr des Sommers zitterte Paris in der Dunkelheit aufs neue vor der heimlichen Erwartung, wie sie die großen Wanderzirkusse umgibt. Ein geisterhaftes Zelt hatte in der Stadt alle Arten von langsamen, tuschelnden Menschen in flatternden Baumwollgewändern losgelassen, die ihnen über den Weg liefen, sie streiften und wie ausgerissene Schauspieler wirkten. Das Geräusch drang schwächer und schwächer zu ihnen herüber. Im Schein des Mondes und der Laternen waren Feuerwehrautos unterwegs. Plötzlich der Schatten eines Löwen an einem Brückenwinkel und überall Leben, Koffer, Hitze und Jugend . . .
Lucas, die Hände in den Taschen, hastete indessen mit gesenktem Kopf nach einem inneren Takt über den Asphalt . . . Welche körperliche Verständigung sollte er bei einer Frau erwarten können, deren Schritte seit dem Aufbruch so ungleichmä-

ßig waren, bei einer Frau, die keinen eigenen Rhythmus hat und in ihrer Dummheit nicht einmal den elementaren Instinkt besitzt, sich seinem Rhythmus anzuschließen, das wäre schließlich so schwer nicht – er ging immer schneller –, er brauchte gar nicht mit ihr zu schlafen, um das zu erfahren. Das war wieder eine von diesen Emanzen, die dich mittendrin vergessen und fallenlassen, bald werden sie es ganz allein machen ... Er versuchte sich zu fangen. Es war zu spät. Das Räderwerk einer kleinen unheilvollen Uhr setzte sich gegen ihn durch. Aus allen Betten, in denen er sie begraben zu haben glaubte, erhoben sie sich, eine nach der anderen ... Jene, die «die Männer kennen», die genau wissen, wo es gut tut, wo es nicht gut tut, das ist ein Angriff, man möchte sich auflehnen, aber man wird in die Hand genommen, mit präzisen, unaufhaltbaren Bewegungen, das ist gräßlich ... Jene, die sich auf den Rücken fallen lassen und einen weißen Bauch darbieten, sich nehmen lassen wie Babys zwischen lauter Kissen und sich wundern, daß man über ihnen einschläft, bevor man fertig ist ... Jene, die man kaum berührt, und schon heben sie ab in Höhen, in die man ihnen nicht folgen kann, und vor allem, rühr dich nicht, es könnte sie stören, es gibt keine Erwartung, keine Hoffnung auf Erfolg, alles ist gewonnen und verloren zugleich, du hast nichts damit zu tun, ein Windhauch hätte die Angelegenheit erledigt, es ist zum Verzweifeln, aber gerade die bedanken sich hinterher bei dir ... Jene, die nehmen ohne zu geben, die fordern und befehlen, die beschwören und beleidigen, die halten die Augen geschlossen, winden sich endlos allein in der Dunkelheit, suchen sich festzuklammern in einem Land, in dem sie nur auf der Durchreise sind, sie schlagen mit der flachen Hand auf deine Lenden, man kommt sich vor wie ein bockendes Pferd, man bemüht sich, sein Bestes zu tun, den Schreien und der Ungeduld entsprechend, man trieft, man schwimmt, die Haut wird hölzern, und am Ende tut es weh ... Jene, die sich zu dick finden und sich selbst nicht lieben, aber da du es sagst, sind sie, sofern all dieses Fleisch jemandem Spaß macht, einverstanden mit allem, was du willst, sie sind zufrieden, dich in solchem Zustand zu sehen, und bei diesen hätte man es allerdings gern, daß sie die Augen schließen ... Jene, die sagen, daß du zu groß bist für sie, die ein bißchen weinen, viel Wasser trinken und dich mit einer Möse verschlingen, die weiter ist als das Meer, sie entschuldigen sich und bitten um Vergebung ... Jene, die nein rufen, nein, weil ich es dir sage, und die ja meinen, sie pressen die Schenkel zusammen, hüpfen um sich selber wie Fische auf dem Trockenen, später stellt man fest, daß sie mit einem seltsamen Lächeln schlafen, sie träumen, Vorsicht, die bringen dich vor das Schwurgericht ...

Immer neue wurden wieder vor ihm lebendig, eine einzige nur blieb ihm, schlafend, gesichtslos, wenn die eines Tages in sein Zimmer einträte, es wäre ... es wäre ein Felsen, der wäre ein junges Mädchen, das wäre Haare und Münder und Himmel, das wäre für einige Stunden eine andere Form des Lebens, das würde sich im Dämmerlicht regen und atmen, und alles in seinem Blut würde rauschen wie ein See mit vielen Ufern, wäre ohne Erinnerung und ohne Mutter, es hätte keine Illustrierten gelesen, hätte keine Freunde, keine Uhr und würde erst sehr viel später wieder zu einer Person in einem großen Kopfkissen ... Wie lange dauert es, bis sie kommt, wie lange muß man noch auf sie warten, sagen Sie, Emilie, sie hat gesagt um sechs, wie lange dauert eine Stunde, wie lange dauert sie noch? Die Frau wahrte ihr verschlossenes Gesicht, sie bügelte weiterhin Wäsche, die schlecht roch in dem elektrischen Licht, man darf keinen Lärm machen, sie hat gesagt, sie wird kommen, wenn es Nacht ist, und es ist Nacht geworden, vielleicht hört man sie, wenn sie kommt – er wandte den Kopf und stellte fest, daß er allein war auf der Straße.
Er rief. Er sah sich um. Er drehte sich mehrere Male im Kreis. Für den Bruchteil einer Sekunde, dann noch einer und noch einer, glaubte er, es sei Tag. Der Schmerz war so heftig, reichte so weit über das hinaus, was er empfinden zu können gemeint hatte, daß er die Schwelle überschritt, bei

der man normalerweise angeblich auf Widerstand stößt. Und der Schmerz war draußen. Er überfiel mit voller Wucht alles, was sich naturgegeben von unten nach oben, zum Himmel und zu den Sternen reckt. Er bog die Gebäude und die Zweige der Bäume, er drehte das Zentrum des Himmelsgewölbes und verschwand.

Lucas machte kehrt und begann zu laufen.

V

In der plötzlich lächerlichen Haltung einer verhöhnten Operettensängerin verlor sich Blanche in den Straßen, verfolgt von ihrem Schatten, der sich unmerklich der Bewegung der Steine und der Mauern anpaßte. Daß sie wenige Minuten zuvor wie eine dumme Pute mit schlenkernden Armen neben ihrem Begleiter glücklich durch eben diese Nacht gegangen war, ließ ihr vor Scham den Schweiß auf die Stirn treten. Selbst wenn sie sich ohne Aufwiedersehen und Dankeschön davongemacht hätte, wenn alle Fehler und Taktlosigkeiten auf ihr Konto gegangen wären, wenn sie sich vom Zauber eines Sommerabends hätte täuschen lassen – da bliebe immer noch die Tatsache, daß ihr Dasein nicht zur Kenntnis genommen worden war, weil ihr Partner, kaum daß sie eine Sandale neu gebunden und den Kopf wieder gehoben hatte, nur noch eine Silhouette am Horizont war, die von einem Fuß auf den anderen schwankte. Ein Anstreicher, der über die Erdoberfläche galoppiert, hatte sie denken müssen, als sie ihn entschwinden sah . . .

Sie ging schnell. Sie war den Tränen nahe. Ihr Haar wehte hinter ihr her, der kurze Rock kletterte ihr an den Schenkeln hoch – Auftritt des einsamen Herrn mit den Stielaugen, gehen Sie weiter, Monsieur, gehen Sie, der Vorhang hebt sich in der Tat, aber die Vorstellung findet erst morgen statt, morgen, einundzwanzig Uhr, Cabourg, Kasino, Sie Kanaille! Morgen wickele ich Sie mit einer Musik ein, daß Sie einen Ständer kriegen, morgen ziehe ich die Schrauben an, aber heute abend will ich nicht, daß man mir hilft, will ich mich nicht ablenken lassen, ich will nicht mehr reden, ich will keine Einmischung in mein Leben, weder mit Worten noch mit Sex, es ist kein einzelner Mensch, der mich verstehen kann, es sind hundert, zweihundert, dreihundert Personen, die mir zuhören, wenn ich singe, die mich um die Hüften fassen, die mir bis in die Kehle dringen, die ziehen und reiben, mir die Kleider vom Leibe reißen und alles, was man mir sonst noch wegnehmen kann. Von dieser Minute an will ich mir weder Fragen noch Ratschläge mehr anhören, von niemandem mehr. Nicht einmal von dir, Mama. Ich würde sogar sagen, vor allem nicht von dir, Mama, rühr dich nicht mehr. Gib's auf. Laß los. Laß gut sein. Gib Ruhe. Um den Staub, die Wäsche, die Verträge, den Lastwagen kümmere ich mich schon selbst, ich bin jetzt fünfundzwanzig Jahre alt, noch ein paar Küsse von dir, noch ein wenig mehr von deiner Eigenliebe, von deiner Unterstützung, deinem Eifer und deiner unermeßlichen Hingabe, und ich bin verloren. So ist das nun mal auf dieser Welt. Du sollst nicht mehr gelaufen kommen, wenn du mich weinen hörst, auch wenn kein anderer gelaufen kommt, denn du wirst immer schneller laufen als ein Mann, und jeder weiß es, jeder merkt es, die Männer hören dich laufen, das dröhnt zwischen Himmel und Erde wie eine Kavallerie, die ihnen gleich die Beine absäbelt. Und am nächsten Morgen ist es geradezu krankhaft, ich muß ihnen einfach von meiner Mutter erzählen, wie schön sie ist, wie originell, sie war nie wie normale Mütter, sie hängte Hexen und schimmernde Fische an die Decke unseres Kinderzimmers, sie entfernte die Haut von jeder Weintraube, die sie uns mit den Fingerspitzen in den Mund schob, sie stand im Morgengrauen auf, um die Fußspuren von Zwergen auf die beschlagenen Fensterscheiben zu malen, die während der Nacht auf unseren Fenstern getanzt haben sollen, sie brachte uns goldene Strohhalme und Makronen mit vom Markt, sie brachte uns das Tanzen und den Stolz bei, sie schlug sich im Sommer in der Metro mit den Urlaubersoldaten herum, die sich beim Anblick ihrer beiden halbnackten Kinder zu lachen erlaubten, sie konnte im Dunkeln wispern wie keiner sonst, sie versicherte uns, daß wir unsere Katzen im Paradies wiedersähen, wenn unsere Katzen gute Katzen gewesen wären, bei den ersten Tränen, die ich vergoß, sagte sie mir, es sind Künstlertränen. Heute ist sie mein Impresario, meine Buchhalterin, meine Trainerin, mein Guru, es war sehr schön mit dir, Typ, wenn du mich wiedersehen willst, ruf sie an, sie gibt dir einen Termin ... Es ist nicht deine Schuld, Mama, und es ist auch nicht meine, nein, ich will nicht deinen Tod, nein, ich will dich nicht verlassen, man kann nicht auf zweierlei Weise Abschied nehmen, Abschied nehmen, das beginnt damit, daß du dich nicht mehr um meine Wäsche kümmerst, das beginnt damit, daß du mir nicht mehr beim Singen zuhörst, das beginnt damit, daß du mich nicht mehr mit mahnenden Worten vollstopfst, wie nur du sie findest, um mich wieder aufzurichten, auf dieser Erde, arme Mama, glaubst du nur an mich ... Abschied nehmen, das beginnt damit, die Wahrheit zu sagen, daß ihr, Papa und du, nicht die Welt wart, daß das, was ihr uns darüber erzählt habt, einzig eurer Fantasie entsprang und dem Bild, an das ihr mit aller Kraft selber glauben wolltet, um nicht zu weinen, daß die Welt, die wirkliche Welt nicht schön ist und daß du, meine erste, allmächtige Liebe, auf dieser Welt niemals mein Mann, meine Frau, mein Kindermädchen oder meine Zukunft werden kannst, daß du nicht einmal die Versprechungen einhalten kannst, die du mir gemacht hast, daß du mir das, was du mir versprochen, mich träumen, ahnen lassen hast, einfach so nach Gutdünken versprochen hast, weil du wußtest, daß ein Zeitpunkt der Verjährung kommen würde, nun ist es soweit ... Der Rausch des Glücks, den du versprochen und angekündigt hast, er ist nicht eingetreten ... «Und jetzt, ihr Lieben, in diesem Augenblick tritt die Frau aus ihrem Körper heraus, da sind die Tannen, die Sturzbäche, die Gipfel der Gletscher, es ist Nacht, und dennoch scheint mächtig die Sonne», und so weiter und so weiter, ich werde mich nie davon erholen ... Man hätte uns zuerst sagen müssen, wie weit und lange wir suchen, wie viele Prüfungen wir bestehen müßten, bis wir wieder so ehrlich und wunderbar geküßt würden, wie du uns morgens und abends geküßt hast, und daß wir Gefahr laufen würden, immer nur Rabenmütter und Rabenväter zu treffen wie jene, die sich hinter jedem Baumstamm verbargen in dem Wald, mit dem du uns Angst machtest, als wir klein waren, indem du deinen Mund rundetest, als wir schwiegen ... «Und dann ...» sagtest du. Und dann? ... Und dann, Mama? Was geschah dann? Hast du die Fortsetzung vergessen? Aber jetzt kennen die Kinder die Fortsetzung. Sie haben sie gesehen, sie haben sie auf ihre eigenen Kosten erfahren. Und sie können dir die Fortsetzung erzählen, wie das Feenmärchen in Schrecken umschlägt, wieviel Betrug in der Geschichte steckt, wie ihr, um Kindern fünfzehn Jahre des Glücks zu schenken, ihnen fünfzig Jahre an Schocks und Enttäuschung bereitet habt ... Das hätte man nicht tun dürfen. Ich sehe sie, die Kinder von heute, sie wissen alles. Diese Kinder sind vielleicht weniger glücklich, als wir es waren, aber aus ihnen werden sicher glücklichere Erwachsene, als wir es sind ... Sogar der Wolf ist nicht mehr so, wie ihr behauptet habt ... Es ist ein armer kahler Wolf, den die Ereignisse überholt haben, vor dem niemand mehr Angst hat, dem man jeden Tag auf der Straße begegnet, ohne ihn auch nur zu bemerken, er ist erledigt, er ist nur noch der Schatten seiner selbst. Die Menschen haben Schrecklicheres erfunden als ihn, er nützt nur noch den Lüstlingen und den unglücklichen Kreaturen, denen es an starken Gefühlen fehlt, die lesen ihn auf, nehmen ihn für einen Abend mit nach Hause und wichsen ihn in dem Bemühen, eine weit zurückliegende Reaktion noch einmal zu erleben ...

Plötzlich stand sie, ohne zu wissen, wie sie hingekommen war, vor ihrem Haus. Sie erkannte die Toreinfahrt. Sie drückte mit der Schulter die Tür auf. Sie stieg im Hof über den Clochard hinweg. Sie erreichte den Schalter der Treppenhausbeleuchtung in der Nähe der Mülltonnen. Sie schüttelte ihre Handtasche und hörte die Schlüssel klirren und fand sie – und irgendwie wußte sie, daß sie all diese Gesten, die zugleich Beweise ihrer alten Fügsamkeit waren, zum letzten Mal ausgeführt hatte.

VI

Die Messerklingen auf dem Tisch, die Autokarosserien vor der Terrasse, die Eiskübel, von Kellnern gebracht und weggetragen, die Schmuckstücke und Armbanduhren an den Menschen – wohin er seine Blicke wandte, der Einfall der Sonne entfachten das Feuerwerk eines lautlosen Krieges. Hinter seiner schwarzen Brille überwachte er das Kommen und Gehen; die Erinnerung an den Kaffee, den er hier getrunken hatte, verzauberte die Elemente der Luft; die Strahlen trafen ihn hart von der Seite und drangen ihm bis ins Herz. Sein Stuhl war der Stuhl, auf dem er gestern gesessen hatte. Der Kellner hatte nur ein anderes Gesicht. Die Menschen hatten die Nacht hinter sich gebracht. Wie er den Abend gesehen hatte, so hatte er den anbrechenden Morgen betrachtet und beobachtet, wie die Landschaft sich veränderte; der Schweiß seiner sonnengetränkten Haut hielt ihn in einer leichten Schläfrigkeit, er sog seinen eigenen Geruch ein und berauschte sich daran bis zur Zärtlichkeit; die

Mittagsstunde war gekommen, ohne daß er gelitten hätte, sie hatte das Meer bis unten an die Straßen gebracht; in dem gleichen Durst, am Rande der gleichen Leere trafen sich der Himmel und sein Magen.

Es wurde immer unwahrscheinlicher, daß eine Person, die im Dämmerlicht Gestalt angenommen und sich dann in der Nacht aufgelöst hatte, sich in diesem grellen Licht, in diesem Durcheinander ein zweites Mal zeigen würde. Für die anderen nahm das Leben seinen Gang, während sich auf ihn die Einsamkeit eines alten Mannes herabsenkte. Er ließ seinen Blick schweifen und erkannte nichts wieder. Die harte Wirklichkeit um zwölf Uhr fünfundvierzig, daß seine Nachbarin ein Nachbar und daß von allen Dingen nichts so leicht vergessen war wie ein Bürgersteig, ein Tisch und ein Stuhl. Es war Zeitverschwendung, zitternd den kleinen Bogen in der Hand des achtjährigen Mozart zu betrachten, kein Stäubchen der Hand war mehr vorhanden in den Fasern des Holzes, und selbst wenn die Gegenstände, die von Blanche berührt und betrachtet worden waren, ihm dieses Zittern eingeflößt hätten, müßte man schon ein wenig kindisch und grün hinter den Ohren sein, herzukommen und sich dermaßen ernsthaft und naiv zugleich auf demselben Stuhl niederzulassen und anzunehmen, nun würde auch das Mädchen auftauchen. Er klappte die Brille zusammen, sammelte seine Getränkebons ein und hob den Arm. Im gleichen Augenblick tauchte sie hinter dem Kellner auf und nahm das Signal entgegen.

Sie stellte sich gehorsam vor.

«Guten Tag. Sie haben mich gerufen?»

Er rückte überstürzt seinen Stuhl zur Seite und richtete sich auf; eine Hand lag auf der Rückenlehne.

«Keineswegs», sagte er.

«Dann entschuldigen Sie, bitte. Sie wollen gehen?»

«In der Tat», sagte er.

«Der reinste Zufall», erwiderte sie. «Man findet einfach nirgends einen Tisch.»

Sie warf das Haar zurück und drehte sich lässig zum Ausgang. Beide hielten nach dem Kellner Ausschau. Sie nahmen erneut diese Stille wahr, die ganz allein ihnen gehörte.

«Darf ich Ihnen eine Frage stellen?» sagte er.

«Natürlich», sagte sie lachend.

«Sie besteht nur aus einem Wort: ‹Warum?›»

«Warum was?» fragte sie und wollte sich erneut in die Haare greifen.

Er hielt sie am Handgelenk zurück.

«Bitte widersprechen Sie mir nicht. Lassen Sie Ihre Haare. Ich bin nur hierher zurückgekommen, um Ihnen diese Frage zu stellen: ‹Warum?›»

Sie schenkte ihm plötzlich einen so offenen,

intensiven Blick, daß er mit den Wimpern zuckte. So ein Blick war ihm wirklich nur bei Ziegenbökken begegnet.

«Sie sind wirklich ein Drückeberger», murmelte sie und schüttelte mitleidig den Kopf. «Ich bedaure, aber Sie könnten Ihre Frage noch dreimal und in allen möglichen Sprachen stellen, *why, warum, porque* . . . ich wiederhole: Ich verstehe nicht, worauf Sie anspielen.»

«Ich bedaure ebenfalls», sagte er und wandte sich ab. «Ich hatte gemeint, daß wir uns verstehen.»

«Riskieren Sie es doch, sich klar zu äußern, und ich werde Sie bestimmt verstehen.»

«Besonders wach sind Sie nicht, das muß man schon sagen . . .»

«Das ist noch milde ausgedrückt», sagte sie. «Wenn ich an Ihre Unterhaltung von gestern abend denke, da bin ich ja regelrecht eingeschlafen!»

Er zog seine Brieftasche und legte Geld auf den Tisch.

«Sie machen mich sehr traurig», sagte er und wollte sich schon verabschieden. «Ich dachte, gerade gestern abend wäre ich besonders überzeugend gewesen. Ich war sicher, Sie hätten mich verstanden.»

«Sieh an», meinte sie ironisch. «Und darf man erfahren, was Sie uns erzählt haben?»

Er verharrte schweigend, die Augen auf sie gerichtet. Dann streckte er die Hand aus, legte sie um ihre Taille. Sanft zog er den fremden Körper an sich und schloß ihn in seine Arme. Regungslos standen sie da, wartend, spürten, wie sie atmeten, lauschten: der Atem klang wie das leichte Geräusch des Schlafs. In dem Halbdunkel zwischen ihnen bewegten ihre Oberkörper sich zueinander, rückten voneinander ab, sie ließen ihre Körper, vor den Blicken geschützt, miteinander vertraut werden. Die geringste Bewegung hätte sie erschreckt. Sie verbargen ihre Augen im Nacken des anderen, neigten jeder den Kopf zur anderen Seite einer Schulter, wie man sich verhält, wenn man mit Schlägen rechnet. Und die Zeit verging. Sie hörten sie unmittelbar an ihre Ohren rauschen, von einem entrüsteten Gemurmel durchsetzt, das sich bis zum Wahnsinn ausbreitete und abrupt verstummte. Sie standen da und wußten nicht wo, spürten Füße und Kopf nicht mehr, aber die Haare auf ihren Armen, die sich aufrichteten und in der Sonne zitterten. Weit, sehr weit weg trugen sie einen verzweifelten Kampf aus, um nicht im tiefsten Abgrund versinken zu lassen, was ihnen gemeinsam geworden war, was wie ein drittes Leben wärmte und ihnen eher moralisch als körperlich verbot, sich zu trennen. Die Last war schwer, sie stützten sich auf ihre Beine, sie klammerten sich aneinander. Sie drängten sich enger zusammen. Ihre Finger schmerzten. Um sie herum wurden Stühle gerückt. Mitten in all dem Lärm schwankten sie

zwischen dem Wunsch, ihre geheime Mission erfolgreich zu Ende zu bringen, und dem Wunsch, sich in Rauch aufzulösen, um sich nicht wiedersehen zu müssen. Unvermittelt hätte man meinen können, alle Gäste auf der Terrasse hätten sich gleichzeitig erhoben. Münzengeklimper und Räuspern wurden lauter, aus dem allgemeinen Gebrodel löste sich eine ganz nahe Stimme.
«Hier wird gearbeitet . . . Ein Hotel finden Sie fünfzig Meter weiter!»
In einer Kakophonie von zerberstendem Glas, umkippenden Stühlen und empörten Schreien entdeckte Blanche zu ihren Füßen den Kellner, der eine Hand ans Kinn hielt.
Lucas, von männlichen Gästen und Oberkellnern umringt, hob die Faust und zeigte gleichzeitig mit dem Finger auf sie.
«Dieser Kerl», schrie er, «hat meine Frau beleidigt.»
Und alle Blicke wandten sich ihr zu.

VII

In weniger als sieben Stunden – zwei Stunden Fahrt, eine Stunde Probe für die Techniker und was man sonst an Zeit braucht, um alle zu begrüßen und Puder und Schminke aufzulegen – mußte sie auf der Bühne stehen. Und sie war noch in Paris, sie hatte nicht zu Mittag gegessen, sie hatte noch nicht einmal eine Gelegenheit gefunden, sich von diesem Unbekannten zu verabschieden, der sie würdevoll am Arm mit sich zog, wie um hundert Jahre Leben in Angriff zu nehmen, und eine so große Zuversicht an den Tag legte, daß es großen Mutes bedurft hätte, ihm zu sagen: «Ich habe eine Verabredung, ich bin nicht frei heute nachmittag.» Er verlangte nichts. Er stellte keine Fragen. Er hatte um sie beide einen Schleier von Ewigkeit gewebt, durch den das Leben gerade nur noch hindurchschimmerte, und führte sie sanft zu seiner Höhle. Sie sah sich vorangehen, ohne etwas dagegen tun zu können. In den hohen Gefilden, in denen er sie angesiedelt hatte, war die Luft so dünn, daß sie nicht mehr die Kraft

besaß zu sagen: «Hören Sie, ich bin Sängerin, mein Publikum erwartet mich.»
«Blanche!»
Sie drehten sich um – Lucas zuerst; ihm wollten die Augen aus dem Kopf treten.
Ein Stückchen weiter weg stießen sich zwei Mädchen mit den Ellenbogen an. Sie kamen näher.
«Bist du nicht diesen Winter in Caveau des Princes aufgetreten?» fragte die eine.
«Stimmt», sagte Blanche, «das bin ich wirklich.»
«Na bitte! Was hab ich dir gesagt!» rief die Kleine ihrer Freundin zu. «Wir haben dich da gesehen. Wir waren begeistert. Meine Freundin wollte nicht glauben, daß du es bist . . .»
«Wahnsinnig, was du mit deiner Stimme machen kannst . . .», murmelte die andere.
«Wir haben wirklich nicht geglaubt, daß wir es dir einmal selbst sagen könnten, weißt du», fuhr die erste fort und legte die Hand aufs Herz. «Eine Ausstrahlung hast du, einfach fantastisch!»
«Wo trittst du zur Zeit auf?» fragte die zweite.
«Ich gebe Galavorstellungen in der Provinz», antwortete Blanche lachend und vermied es, Lucas anzusehen. «Wenn es dich interessiert, heute abend bin ich in Cabourg, im kleinen Saal des Kasinos.»
«Ah ja. Dann wünschen wir dir viel Erfolg!» sagten sie. Blanche dankte. Sie entfernten sich schwatzend.

Sie standen sich wieder allein gegenüber. Sie schaute auf die Uhr.
«Was soll das heißen», fragte Lucas, «Sie singen?» Er war bleich.
«Ja», sagte sie heftig, «aber wenn Sie gestatten, erkläre ich Ihnen das ein andermal, weil ich jetzt außerordentlich spät dran bin. Sie entschuldigen mich.»
Sie rief ein Taxi heran, öffnete die Tür.
«Pardon!» sagte er zornig. «Ich muß doch bitten!»
Er zog sie am Arm, brachte sie dazu, wieder aus dem Wagen zu steigen. Kaum stand sie draußen, da stieß er sie zurück, als habe er sich verbrannt, und sagte keinen Ton mehr. Im ohrenbetäubenden Lärm der Motoren nahm er seine Pfeife und seinen Tabak heraus. Sie sah das Taxi hinter sich abfahren. Die Wimpern auf die Wangen gesenkt, führte er ihr vollkommen ruhig die Kunst des Pfeifestopfens vor.
«Und nun?» schrie sie.
«Und nun, und nun», erwiderte er, «warum regen Sie sich so auf?»
«Was für eine Unverschämtheit!» rief sie, «was . . .»
Er unterbrach sie besorgt.
«Ich darf doch wohl annehmen, daß es nicht um Leben oder Tod geht? Oder? Na schön, hören Sie, und wenn es ein Menschenleben zu beklagen gibt, dann ist es jetzt ohnehin zu spät . . .»

«Fuck you . . .»
Er zog eine Augenbraue hoch.
«Der Verblichene muß Ihnen wohl sehr teuer gewesen sein . . .»
Sie zitterte am ganzen Körper. Sie rollte die Augen. Auf der Suche nach einem Fluchtweg begann sie unmerklich zurückzuweichen.
Er steckte die Pfeife weg. Dann faßte er sie am Ellenbogen.
«Wo müssen Sie hin?» fragte er. «Ich bringe Sie.»
«Zur Porte de Saint-Cloud.»
Er zog sie mit sich.
«Und anschließend?»
«Da wartet ein Wagen auf mich», sagte sie.
«Wieviel Zeit haben wir?»
«Zehn Minuten.»
«Sie werden es schaffen», sagte er.
Hocherhobenen Hauptes trieb er sie vor sich her. Er schob die Passanten zur Seite. Er kümmerte sich um alles. Sie hätte nur noch weinen mögen. «Meine Frau.» Unter dem Schmerz, den sein Druck an ihrem Ellbogen verursachte, hob sie die Füße, wandte sie sich nach rechts, nach links. Warum so schnell, und wohin ging es überhaupt? Konnte man sich denn nicht mal einen Moment in die Arme nehmen? . . .
Unter einem Baum blieb er mit ihr stehen. Dort, in einer Märchenwelt von Licht- und Schattenflecken, stand mächtig und geschmeidig, die Schnauze geneigt, ein Motorrad. Sie sah Lucas

mit den Bewegungen eines Tänzers darauf zugehen, das Vorhängeschloß öffnen und die Kette abnehmen. Im Baum sangen Vögel. Überall bebten Schatten wie Wasser. Die Luxusmaschine wurde für sie hergerichtet. Die Haut ihrer Arme und Schultern war wieder so empfindlich geworden wie beim ersten Mal, wenn man nackt schläft. Ihr war so warm, die Liebe zur ganzen Welt, die in ihr erwacht war, war dem Unglück so nahe, daß sie meinte, die Sehnsucht, sich ins Kreuz dieses Mannes zu schmiegen und mit ihm durch den Wind zu brausen, keine Minute länger aushalten zu können. Er nahm einen zweiten Helm aus einer Schutzhülle, den er ihr reichte. Er ließ den Ständer hochklappen, rollte vom Bürgersteig auf die Straße. Sie tauschten den stummen Blick großer Aufbrüche.

Sie war es, die man mit Vorfahrt passieren lassen mußte, die zu ihrem Auftritt gebracht wurde. Die Männer und Frauen am Meeresstrand erinnerten sich im gleichen Augenblick, daß sie am Ende des Tages mit ihr verabredet waren. Alle Köpfe in den Fenstern der Autos wandten sich bei ihrer Ankunft um; obwohl sie sich nur durch die Kraft ihrer Schenkel im Sattel hielt, glaubte sie beim Flattern ihrer Kleiderfahne eine Persönlichkeit des Staates zu repräsentieren. Unwichtig dieser leichte Duft nach Frau, der im Inneren ihres Helms schwebte, das war der Geruch des Lebens und seiner Prüfungen, sie wollte ihn einatmen bis zur Trunkenheit, auch für diese Frau würde sie singen.

Als er hinter einem Lastwagen anhielt, rief sie über seine Schulter:

«Wohin hätten Sie mich gestern abend gebracht?»

Er schob den oberen Teil seines Helms hoch.

«Auf den Friedhof», rief er.

Er hatte blendende Laune.

«Meine Eltern liegen da», rief er noch. «Ich hatte Lust, dort mit Ihnen spazierenzugehen ...»

Er klappte das Visier wieder herunter und ließ mit einer nervösen Bewegung des Handgelenks das Motorrad anspringen.

Einige Minuten später zeigte sie auf einen Mann an der Ecke des Boulevards. Er fuhr sie bis zu ihm hin. Vom Motorrad aus rief sie: «François!»

Der Mann trat überrascht näher. Sie lachte über sein Erstaunen, sie war so in Eile, daß es ihr nicht gelang, sich vom Helm zu befreien, Lucas mußte ihr zu Hilfe kommen und riß ihr dabei einige Haare aus.

«François. Lucas», sagte sie schließlich.

Und während sie vom Motorrad sprang, lief sie ins andere Lager über.

«Ich danke Ihnen», sagte sie zu Lucas. «Nur Ihretwegen komme ich noch rechtzeitig.»

Weil er den Motor nicht abgestellt, den Helm nicht abgenommen hatte und gar nichts sagte, trat

ein Moment der Unschlüssigkeit ein. Aus dem Schlitz des Visiers schauten seine Augen die beiden an.
«Ja dann ... auf Wiedersehen», sagte sie unbehaglich.
Und weil keine Antwort kam, fügte sie hinzu: «Montag bin ich in Paris.»
Er nickte zögernd und startete mit einem Ruck.

VIII

Das ist die Finsternis. Selbst nachts ist die Finsternis so dicht nicht. Vielleicht ist sie da und hält den Atem an. Lieber nicht versuchen, sie zu erahnen. Schreckliche scharlachrote Blumen durchlöchern die Finsternis, das Blut pocht ihm in den Ohren, überdies ziehen sich Kilometer von weißen Bändern zwischen seinen Schläfen. Er weiß nicht mehr, auf welcher Seite die Ausgangstür ist. In weniger als vierundzwanzig Stunden ist er verrückt geworden.

An einem Lichtstrahl hing unvermittelt ein Kopf ins Dunkel hinein. Augen und Mund waren aufgerissen. Der Mund bildete einen riesigen Krater in der Mitte des Gesichts. Kein Laut drang aus ihm hervor. Schön, sie hatte ihre kleine Pointe gehabt. Wie lange wollte sie uns noch so sitzen lassen? Er wurde allmählich hungrig. Ein Schrei, der nicht menschlichen Ursprungs war und bis zur äußersten Grenze seines Tons anhielt, schwoll an, und das Licht wurde heller. Plötzlich konnte er gar nicht genug Augen und Ohren haben, um zu erfassen, was vor sich ging. Da war ein einziges langes, nacktes Bein, so lang, so nackt, daß der Anblick schmerzte, da war eine Geige, wie ein Freund um den Hals gefaßt, da war das glitzernde Ohrgehänge, da war diese Silhouette, die er die ganze Nacht gesucht hatte, ohne zu wissen, wie sie aussah, die in einem Nichts von Kleid die Rhythmen einer geheimen Ungeduld skandierte und eine Erfüllung erwartete, die nicht kam, als dieser erstaunte, lange, intensive Schrei aufhörte. Sie hob den Bogen und ließ ihn mit einer mörderischen Bewegung auf die Geige niedergehen. Aber während sie den Säbel auf und ab schwang, entlockte sie der Geige Schreie, die süßer als Freudenschreie waren und die, wenn sie in den Höhen verweilten, sie selber auf die Zehenspitzen zogen ... Dieses schwebende Gleichgewicht, dieses einzigartige nackte Bein, das den Blick auf sich zog, diese rührende Art, wie sie unten den Boden bearbeitete und sich oben ihrem Instrument widmete, dieser Ausdruck von Weltvergessenheit, während sie sich doch zur Schau stellte, man brauchte sich nur die Männer anzusehen: was sie mit all dem *ihm* mitteilte, das teilte sie auch denen mit. In Wahrheit konnte er sie ebensogut in diesen Gesichtern sehen wie auf der Bühne. Er schlug die Beine übereinander und wandte sich dem Saal zu.

Nichts als Smokings gab es da und Musselinschleier, geöffnete Lippen, glänzende Augen, ein ganzes unbewegliches Volk im Halbdunkel atmete wie aus einer Brust. Das nackte Bein, von Pupille zu Pupille weitergegeben, ließ bis zur Bar einen Wald von nackten Beinen wachsen, die Atmosphäre war düster, süß die Parfüms. Die Musik, der er nicht zuhörte, zerriß seine verschlossenen Ohren. Er erkannte sie wieder, diese Gesellschaft von Schmarotzern, die um Mitternacht das Badewasser einfließen läßt, die weder Mond noch Sonne respektiert, die Champagner mit Intelligenz gleichsetzt und den Kindern zuzwinkert, er erkannte sie wieder, diese Gauklervisagen, diese Profis im Bewundern, die sich mit ihren eigenen Gefühlen beschmutzen, er erkannte sie wieder, diese Art, sich ganz aufgeregt und mit Zuckerbäckermienen um die Schönheit zu scharen; und mit dem Bedürfnis zu prüfen, was sie ihnen wirklich zeigte, drehte er sich wieder zur Bühne um.

Die einzige Frau auf Erden, die er zur Stunde gern vor Gott und der Welt verborgen hätte, kämpfte gerade um einen Ton, der reiner und zarter als gesponnenes Glas war. Auf die Geige gestützt, hielt sie den Ton so lange, daß man in Tränen zerfließen mochte. Das Stöhnen der in den Rohren des alten Hauses eingeschlossenen Kreatur hätte er gegeben, die dünne Stimme der Gartenpforte beim Aufstoßen hätte er gegeben, all seine teuersten lautlichen Erinnerungen hätte er gegeben für diesen einen unerledigten Ton, als er vernahm, wie er plötzlich klar und frei den Lippen von Blanche entschwebte, die, den geschwellten Hals nach hinten gebogen, die Augenlider geschlossen, die Geige gesenkt, zu pfeifen begonnen hatte!

... Er mußte sich unaufhörlich in Erinnerung rufen – sonst war er ein Nichts –, daß diese Frau ihn kannte, daß sie schon mit ihm gesprochen hatte, daß es von ihm schon die beiden Silben des Vornamens in ihrem Bewußtsein gab, und vielleicht auf ihrem Kleid, das in der Garderobe geblieben war, von ihm ein Haar, doch er wurde schwächer, als ob sein Leben durch diesen Mund entschwand. Von einem unsichtbaren Schlag vernichtet, trug ihn nichts mehr von dem, was er zu wissen, gelernt, erlebt zu haben geglaubt hatte, nur noch dieser Sessel aus Samt und Gold, auf dem er saß. Man schrieb einen Freitagabend im Juli seines achtunddreißigsten Lebensjahres, ihm stieß ein Unglück zu, und es gab niemand auf der Welt – keine Großmutter, keinen Cousin, keinen Barkeeper, nicht einmal die, die er zu sehen hergekommen war, weil sie ihn ja in Paris glaubte –, der imstande wäre zu sagen: «Lucas Boyenval hält sich zur Zeit an dem und dem Fleck der Erde auf, da können Sie ihn finden ...» Zwischen Milliarden und Abermilliarden von Sesseln hatte er bis zu diesem gehen und sich darauf niederlassen können, ohne daß irgend jemand ihm zu irgendeinem Zeitpunkt Fragen stellte, er hätte genausogut ewig geradeaus gehen können, ohne daß jemand auf die Idee gekommen wäre, ihn aufzuhalten ... Erschreckt über die ihm eingeräumte Freiheit, entdeckte er in der Dunkelheit eines Tingeltangels am Meer sich selbst als den einzigen Hüter seines Lebens.

Vielleicht brauchte er nur vom Sessel zu fallen ... Männer würden ihn auf den Teppich des Kasinos tragen. Sie würden seine Taschen durchsuchen, und einer würde sich nach dem anderen umdrehen, die Arme ausbreiten. Die Angelegenheit würde bis zu ihr vordringen. Mitten in dem Geflüster über seinen Körper gebeugt, wäre sie es, die sagen könnte: «Ich kenne ihn. Er heißt Lucas. Seine Eltern sind tot, er beschäftigt sich mit Sprachforschungen.» Und er hatte es zugelassen, daß dieser Inbegriff einer Frau einen ganzen Abend lang an seinem Tisch ein Stück Brot in den Händen zerdrehte! Er hatte sich kaum liebenswürdig gezeigt, sich für nichts interessiert, sich nicht einmal darum gekümmert, ob sie ein Dessert wünschte, und hatte sie im Laufschritt durch halb Paris gejagt, als ob es darum gegangen wäre, den Schlaf, die Fesseln und die Finger der Musikerin zu beschützen! Von Abscheu erfüllt, sah er sich den Auftritt unterbrechen, zu ihr laufen, ihr von der Bühnenrampe aus zurufen, verzeih, verzeih! Ich weiß, was ich getan habe, ich bin ein

Anfänger, ich bin ein Flegel gewesen, ich habe nur an mich gedacht, was kann nur geschehen, um das, was geschehen ist, ungeschehen zu machen!

Aber er saß noch immer auf seinem Sessel, und Blanche war wie ein Segelschiff in der Nacht. Eigentlich existierte zwischen ihnen nur das, was er geträumt hatte. Er hörte schon das kurze «Sieh an! Hallo, wie geht's?», das sie ihm im Vorbeigehen zuwerfen würde, und ihre unruhigen Augen würden womöglich zur gleichen Zeit sagen: «Wo habe ich bloß dieses Gesicht schon mal gesehen?» Während im Trubel der Kulissen Burschen in T-Shirts, junge halbnackte Bärtige, trunken von ihrer Musik, im Grunde jedoch von ihren Amouren, ihren Gewohnheiten, ihren zukünftigen Rendezvous, sie am Arm nach hinten zögen, um sie in neue Städte, zu neuen Bewunderern, neuen wichtigen Dingen zu entführen ... Er erinnerte sich, mit welcher Entschiedenheit sie ihm erwidert hatte: «Die Antwort lautet selbstverständlich: nein.» Er erinnerte sich, mit welcher Ungezwungenheit sie auf die beiden Mädchen eingegangen war, die sie auf der Straße erkannt hatten, ach, wenn sie wie andere sein könnte, ein Mädchen aus Nîmes oder eine Kosmetikerin, aber das Lächeln, die Typen auf dem Motorrad, die plötzlich auftauchen, die Diners im Restaurant und die Umarmungen danach waren für sie etwas ganz Alltägliches. Letztlich war sein Einfall gar nicht so

schlecht gewesen, sie erst einmal mehrere Kilometer zu Fuß laufen zu lassen und mit ihr zu schmollen, das dürfte ihr nicht oft passiert sein. Aber der Vormittag in dem Restaurant ...? Wie groß mußten ihre Enttäuschung, ihr Überdruß sein, als sie erlebte, daß auch er die Hand nach ihrem Körper ausstreckte. Wie ein Ruck fuhr es ihm durch den Magen. Zum hundertsten Mal versetzte er sich dorthin zurück, zum hundertsten Mal schloß er die Augen und beschwor trotz der Angst vor dem Verschleißeffekt der Wiederholung den magischen Augenblick wieder herauf: der schwache Duft der Mischung aus Haut und Seife, die harten Brustspitzen ihrer aneinandergedrückten Oberkörper, das Zittern ihrer Knie, die beiden Hüftknochen von Blanche und der leuchtende Wind um sie herum und dieser Geruch nach Tag und nach gegrilltem Fleisch, der durch ihr Haar hindurch drang, an ihren Wimpern hing, der Ruck ging ihm erneut durch den Magen, das saß bei jedem Schlag ... Diesen Augenblick hatte er nicht geträumt. Es hatte ihn wirklich gegeben. Sie konnte ihn nicht leugnen. Es hatte Zeugen gegeben. Das war sogar sein Hauptargument. Er würde sich nicht alles gefallen lassen. Er würde hartnäckig wiederholen: Da es diesen Augenblick einmal gegeben hatte, warum sollte es ihn nicht ein zweites Mal geben können?
Der Gedanke richtete ihn allmählich wieder auf, und mit der Unbezwingbarkeit eines Menschen,

der das große Weinen schon hinter sich hat, wagte er sich erneut hervor, war er bereit, ihr seine ganze Aufmerksamkeit zu schenken, und im gleichen Augenblick, als er nicht mehr darauf gefaßt war, daß sie wirklich sang, sang sie ... Und als er das Vorspiel überlebt hatte, als sie diesen Gesang, vor dem sie die Erwartung bewußt hochgeputscht hatte, schließlich mit der ganzen Raserei von Verführerinnen herausschleuderte, die noch das letzte Kleidungsstück ablegen müssen, erhob er sich abrupt und ging hinaus.

IX

Durch die Gänge und Salons des Kasinos führten ihn seine Schritte, bis hin ins Foyer des Grand Hotel. Hinter den Fensterscheiben senkte sich die Dämmerung. Eine hübsche Reihe von Damen, hier und dort, die Finger um ein Abendtäschchen gekrümmt, waren noch nicht zum Essen ausgeführt. Zwischen den Autos und den Lifts schossen in todernster Jugendlichkeit die Hotelpagen hin und her und brachten mit sich die Gerüche von Puder und Ozean. Er wandte sich an den Mann in der Rezeption.
«Geben Sie mir bitte ein Zimmer.»
«Wir haben keine Zimmer mehr frei, Monsieur. Ich habe nur noch eine Suite.»
«Ich nehme die Suite», sagte Lucas.
«Für wie lange und für wieviel Personen bitte, Monsieur?»
«Ich gebe Ihnen noch Bescheid», erwiderte er und lächelte ihm plötzlich, Auge in Auge, zu.

Er öffnete die Fenster, er schlug das Bett auf, öffnete den Hemdkragen und alle Wasserhähne im Bad. Die Schreie der Möwen, das Tosen des Meeres und dieses Licht eines Bordells, das vom Horizont herüber aufleuchtete, gaben dieser mit Sesseln, Frisierkommoden und runden Tischchen prunkvoll eingerichteten Grabesstätte zu seinem Glück einen Anstrich von Verwirrung. Er steuerte dazu sein Taschentuch, Zeitungen, ein Wörterbuch, Unterlagen und einen kleinen Wecker bei und zog sich aus. Dann zündete er die Pfeife an und legte sich ins Badewasser.

Arglos glitt sein Blick über die Rillen im Porzellan, das riesige Waschbecken, den Lauf der Rohrleitungen, die Masse der Wände, das formschöne Bidet, die Symmetrie der schwarzen Ziernägel auf den grauen Fliesen, als in dem feuchten Beschlag plötzlich der rote Porsche auftauchte, die Scheinwerfer auf den Wald gerichtet, der Buick mit weit geöffnetem Verdeck, Wetterleuchten, alle Türen öffnen sich gleichzeitig, dort im weißen Smoking, eine Zigarre im Mund, das ist sein Vater. Das lange Bein seiner Mutter setzt im Gras auf, sie ist die erste, die die Schuhe von sich wirft. Anne-Clarisse lacht unentwegt, ihr Träger hat sich gelöst, die Blume ist aufgeplatzt, vom anderen Ende der Welt her kommt Donnerrollen. Ein Baumstamm treibt mitten im See, der schwitzende

Onkel Edouard nimmt seine Fliege ab, Eric de Granchemin macht es ihm nach, ebenso sein Prokurist. Der Schrei des Waldkauzes, die ganze Lichtung hallt wider vom Hämmern der Schnäbel, in den malvenfarbenen Schleiern ihres Kleides reckt seine Mutter die Arme zum Mond – man kann alles an dir sehen, Adrienne –, die Augen des eifersüchtigen Ehemannes, die Glut seiner Zigarre, gleich befestigt sie das Ende eines Schleiers an einem Ast, seht nur! Seht doch! Sie reißt sich los, in Wirbeln, in denen sie von oben bis unten enthüllt wird. Anne-Clarisse läßt alles fallen, ihr Kleid sinkt auf ihre Knöchel herab. Großer Trubel, betrunkene Schreie und ein Rascheln von Hosen in der Nähe der Autos: Kommst du nicht, René? Ist dir nicht auch zu heiß, René?

... Die Frauen legen ihre Schmuckstücke ab, sie werfen ihre Höschen in die Luft, sie fassen sich an der Hand, zwei große, weiße Hintern hüpfen dem See entgegen, die Männer stürzen lärmend hinter ihnen her, sie tauchen noch vor ihnen mit drei krachenden Fontänen ins Wasser ...

Am Ufer zurückgeblieben sind nur sein Vater und er. Sie hat sie vergessen. Er ist acht Jahre alt, sein kleiner Anzug, die Köpfe, die an der Oberfläche des Sees dahingleiten, die Atemzüge der Schwimmer in der Schwüle der Nacht. Eric de Granchemin hat sich auf dem Baumstamm niedergelassen, das Wasser ist laut, eine Domakustik, es gibt

Tiere im Wald. Die Augen auf Adrienne gerichtet, eine Hand in der Tasche des Smokings, raucht sein Vater und schweigt. Sie wirft ihre winzigen weißen Arme nach vorn, sie entfernt sich in Richtung der Tannen. Anne-Clarisse und Onkel Edouard befinden sich am anderen Ende des Sees, der Prokurist ist verschwunden, plötzlich springt er zwischen den weißen Armen hoch. Sie stößt einen unterdrückten Schrei aus, aber man könnte nicht sagen, daß sie Angst hätte, man sieht nicht gut, man hört nichts mehr außer einer Art sanfter, monotoner Klage, als ob sie ihm immerfort zuriefe «Du ... du ... du ... du ...», und als wäre es das, was die beiden gelegentlich deutlich vernehmbar zum Lachen brächte. Dann die rote Spirale der Zigarre, die im Wasser erlischt, das Geräusch des Jacketts, das zu Boden fällt, willst du baden, Papa? Er steht bereits bis zu den Waden in den Schlingpflanzen, und seine Schuhe, beide Schuhe stehen am Ufer, sein langer Körper schießt unter dem Wasser dahin, einen Augenblick leuchtet das Gold eines Manschettenknopfes im Mondlicht auf ...

Dahinten, unter den Tannen, inmitten schrecklicher Strudel, die die Köpfe, die Gliedmaßen in sich hineinsaugen, das Röcheln und Ersticken unterdrücken, brodelt und wirbelt es gewaltig, bis am Waldrand die kleine kreischende Gestalt des Prokuristen entflieht und die Hände über dem Kopf zusammenschlägt ... Adrienne! René!

René! Adrienne! Ihre nassen Haare, ihre beiden Eheringe, ihre Wangen, mit schlammüberzogenen Wangen ... Anne-Clarisse, Onkel Edouard, Eric de Granchemin, sie alle beginnen zu rennen, in alle Richtungen zu rennen, rund um den verlassenen See. Das schwarze, unbewegte Wasser. Der Schrei des Waldkauzes. Die Schleierfetzen im Baum. Das Donnergrollen des Hochsommers. Seine beiden Schuhe und sein weißes Jackett ...

Durch die geöffnete Tür, durch das Fenster des düsteren Raumes konnte er dann ins Unendliche schauen. Es war Nacht geworden. Stille war im Hotel eingezogen, er mußte allein sein auf der Etage, das Badewasser war beinahe kalt, die Pfeife ausgegangen. Er hatte eine Wange gegen den Wannenrand gedrückt und verfolgte so mit dem einen, dann mit dem anderen Auge das leuchtende Vorbeiziehen eines Flugzeuges. Er wußte nicht mehr, was er tun sollte, was er hier überhaupt zu suchen hatte. Also stand er zunächst einmal auf und schlüpfte in den Bademantel des Hotels, dann knipste er alle Lampen im Raum an, schloß die Tür zum Wohnzimmer und drehte sich um. Es war unheimlich. Der Zimmerservice empfahl Spargel und Lachs, er konnte die null null fünf wählen, er konnte auch arbeiten, er konnte auch nach Paris zurückfahren und das Mädchen aus Nîmes anrufen, das von letzter Woche, er drehte den Wecker um und sah, daß es nach zehn war. Im nächsten Augenblick war er mit offenem Hemd, offenen Schnürsenkeln, nicht zugeknöpfter Hose, aber ganz in Weiß, am Ausgang des Kasinos, wo sie eben die Außentreppe herunterkam. Sie lief auf ihn zu.

«Lucas? Sie sind dagewesen?»

Er war hektisch damit beschäftigt, die Manschetten seiner Ärmel zuzumachen, verbeugte sich aber dennoch höflich mit geschlossenen Füßen.

«Pardon?»

«Sie sind dagewesen», wiederholte sie fröhlich. «Haben Sie mir zugesehen?»

«Leider nein, nein, das Vergnügen hatte ich nicht», sagte er.

«Oh, aber warum nicht, wie schade! Und was machen Sie hier?»

«Ich? Nichts . . . Ich bin da, das ist alles. Kommen Sie?»

«Was heißt ‹kommen Sie›?»

Er strich pausenlos unruhig seine Ärmel und sein Hemd glatt und schien es sehr eilig zu haben.

«Wir müssen doch zu Abend essen», sagte er ungeduldig. «Es ist spät. Ich weiß nicht, ob das Hotelrestaurant . . .»

Sie setzte den Geigenkasten heftig auf den Boden ab, und musterte ihn mit verschränkten Armen.

«Was ist?» fragte er. «Haben Sie schon gegessen?»

Sie antwortete nicht. Sie blickte ihn weiterhin an, dann blickte auch er sie an. Allmählich erkannten

sie sich wieder, und ihre Blicke wurden weich, ihre Augen zwinkerten freundlich, etwas Bewegtes und zugleich Betrübtes breitete sich über ihre Gesichter aus, als Blanche plötzlich ihren Namen rufen hörte, worauf sie sich wieder zurückzog.
«Geht schon vor!» rief sie über die Schulter. «Ich komme nach!»
Und leiser, wie zu sich selbst, fügte sie hinzu: «Von links nach rechts: meine Mutter, der François von vorhin, ein Freund von François, die Frau dieses Freundes . . . Es tut mir leid.»
Er bückte sich abrupt, hob den Geigenkasten auf und drückte ihn ihr in die Hand. Sie entfernte sich rückwärts.
«Wo wohnen Sie?» fragte er und folgte ihr.
«Im vierzehnten Arrondissement . . .»
«Nein, heute nacht.»
«Bei François. Er hat ein Haus hier.»
«Ich wünsche Ihnen eine gute Nacht», sagte er ernst und ging dennoch weiter hinter ihr her.
Sie drehte sich um und verschwand im Laufschritt.

«Wer ist das?» fragte die Mutter.
«Ein Freund, Mama», sagte sie.
«Kann ich weitergehen oder soll ich ihm guten Tag sagen?»
«Schon gut, Mama, schon gut, ich habe ihn ja begrüßt.»

«Ich spreche von mir, Blanche. Falls ich ihn kenne, soll es nicht so aussehen, als drehte ich ihm den Rücken zu!»

«Sprecht leiser . . .», sagte François.

«Warum?» fragte sie.

«Weil dein Freund uns folgt, mein Schatz», sagte die Mutter. «Das sage ich dir schon seit fünf Minuten.»

«Ist das wahr, François?»

«Ja. Aber er hat natürlich das Recht, in unsere Richtung zu gehen.»

«An der Kreuzung werden wir es merken», sagte die Mutter.

«Er sieht wirklich gut aus», sagte die junge Frau mit einem Lachen.

«Bitte, seht euch nicht mehr um», sagte Blanche.

«Vielleicht will er nur ein Autogramm . . .»

«Blanche hat sich ihm gegenüber bereits sehr freundlich gezeigt. Sie hat sich ziemlich lange mit ihm unterhalten . . .»

«Wollt ihr wohl aufhören!» zischelte sie. «Ich sage euch doch, es ist ein Freund.»

«Könnte jetzt nicht mal einer nach ihm sehen?»

«Nein, nein und nochmals nein, sage ich euch!» rief Blanche mit gedämpfter Stimme.

«Wir sollten etwas langsamer gehen», sagte die junge Frau ganz aufgeregt. «Dann müßte er uns überholen.»

«Sie hat recht. Ich werde mir eine Zigarette anzünden», sagte der Ehemann.

«Oh, wie schrecklich, er ist immer noch da ... Seht nur, er ist ebenfalls stehengeblieben!»

«Ich gehe hin», sagte Blanche. «Laßt euch nicht aufhalten, geht nur weiter!»

Sie reichte François die Geige und ging entschlossenen Schrittes über die ausgestorbene Straße auf Lucas zu. Er wartete auf sie. Die Hände in den Taschen, rollte er mit der Fußspitze einen kleinen Stein vor sich her.

«Ich habe Sie belogen», sagte er, bevor sie den Mund öffnen konnte. «Ich habe Ihnen zugesehen, als Sie gesungen haben. Ich bin vor dem Schluß fortgegangen, weil ich eifersüchtig war.»

«Ich verzeihe Ihnen.»

«Ich brauche Sie», sagte er.

« ... Ich Sie auch, glaube ich», murmelte sie.

Er reagierte nicht. Er hatte es zweifellos gar nicht gehört.

Sie räusperte sich und sagte es noch einmal: «Ich brauche Sie auch.»

«Ich habe es gehört.»

«Wir müßten miteinander reden.»

«Ja, von mir aus gern.»

«Heute abend würde es etwas spät, aber ...»

Er blickte auf.

«Das stört mich nicht», sagte er. «Ich habe ein Zimmer im Grand Hotel genommen, und ich habe zu tun. Um wieviel Uhr ungefähr werden Sie kommen?»

«Bestimmt nicht vor halb zwei, zwei Uhr morgens, ich fürchte, daß die Bar dann geschlossen ist . . .»

«Machen Sie sich keine Sorgen», sagte er rasch, «ich habe nicht nur ein Zimmer, ich habe auch ein Wohnzimmer, Alkohol und Fruchtsäfte. Sie können direkt hinaufgehen. Zimmer 420.»

Sie lächelte, aber er lächelte nicht. Sie traten jeder drei Schritte zurück, ohne sich aus den Augen zu lassen. Er drehte sich als erster um.

X

Als er das Bett wieder zugeschlagen, das Wasser aus dem Bad ablaufen lassen und die Lampen im Wohnzimmer angeknipst hatte, als er die bestellte kalte Mahlzeit verzehrt und das Tablett zurückgegeben und, als er nach all der Aufregung schließlich nur noch zu warten hatte, wurde die Zeit im Zimmer wie ein monotones Summen.
Die Luft war trotz der weit geöffneten Fenster schwer. Mit jeder Nachtminute wurde die Festbeleuchtung unwirklicher. Er saß mit brennenden Ohren über dem Tisch mit seinen Manuskripten gebeugt und kämpfte gegen den Schlaf an. Je später es wurde, desto mehr schien ihm ein Zusammentreffen hier ein Irrtum; durch Ort, Uhrzeit und die Nähe des Bettes von vornherein kompromittiert. Er war sauber gewaschen, die kleine Suite ordentlich ... Plötzlich sah er sich in der Rolle einer Frau, die in ihrer Wohnung auf einen nächtlichen Besucher wartet – als Frau, die sich nur wegen seiner Beharrlichkeit auf dies Rendezvous eingelassen hatte; er stellte sich vor, wie ihn

selbst jemand so behandelte, wie er mit den Mädchen umging – jemand, der erst nach dem Abendessen käme, der außer seiner Müdigkeit nichts zu bieten hätte. Was tun, damit sie beim Eintreten das Bett nicht sieht? Was tun, um nicht derjenige zu sein, der die Tür öffnet? Was tun, damit ihr das Geräusch dieser Tür nicht wie das einer hinter ihr zuklappenden Falle vorkommt? Er stand auf und stieß dabei den Stuhl um. Man müßte diese Tür ölen oder aushängen. Man müßte ein Zimmer ohne Türen, ohne Wände und ohne Bett haben. Man müßte Unordnung und den Eindruck des Zufälligen wiederherstellen. Man dürfte nicht fertig sein und bereit wirken, wenn sie käme, am besten vielleicht überhaupt nicht dasein. Er zerknüllte mehrere Seiten seines Manuskripts und warf sie auf den Teppich. Er schleuderte die Schuhe von sich und krempelte sich die Ärmel hoch. Er machte die Tür weit auf, warf die Tagesdecke des Betts hoch in die Luft, bemächtigte sich der Matratze, warf sie zu Boden und schleifte sie samt dem Bettzeug ins Wohnzimmer. Er brachte aus dem Wohnzimmer zwei Sessel mit, die er gegen die Nachttischchen tauschte. Nachdem er den Bettrahmen seitwärts gekippt hatte, wobei das alte Holz krachte, konnte er ihn zur Wand schieben. Er deckte ihn mit der Tagesdecke zu. Dann löschte er drei Lampen, trat ein paar Schritte zurück und wischte sich die Stirn. Das war kein Zimmer und schon gar kein Wohnzimmer mehr. Dort, wo das Bett gestanden hatte, flimmerte es von Staub; der Teppichboden zeigte nicht die gleiche Farbe, die plattgedrückten Fasern zeigten vier tiefe Eindrücke. Der Bettrost machte noch immer einen jämmerlichen Eindruck. Er riß die Tagesdecke wieder herunter. Er rannte ins Wohnzimmer, schob die Matratze wieder zurück durch die Tür. Ihm wurde plötzlich schwindelig. Blieb noch, den Bettrahmen wieder auf seine vier Füße zu stellen und die Matratze auf den Rahmen zurückzulegen. Er taumelte ins Bad, zog sich das Hemd aus und benetzte sich mit beiden Händen das Gesicht. Als er zurückkam, klingelte im Zimmer das Telefon.

«Eine Dame fragt an der Rezeption nach Ihnen, Monsieur. Darf ich . . .»

«Ja . . .», sagte er. «Nein, sagen Sie ihr, ich komme herunter.» Er stürzte in eine Richtung, er stürzte in eine andere, aber all die vielen Bewegungen und Handlungen, die er im Handumdrehen hätte ausführen müssen, hinderten ihn daran, auch nur eine einzige wirklich auszuführen. Alles um ihn herum trug die Anzeichen eines regelrechten Wahnsinnsanfalls. Mit nacktem Oberkörper, ausgestreckten Beinen, die Arme um den Kopf gelegt, saß er da wie ein leimverklebter Schmetterling, mitten im Zimmer 420 der vierten Etage des Grand Hotel in Cabourg und weinte. Es war zwei Uhr früh, ein neuer Tag, und die Pariserin, die er am Tag zuvor in einem Café getroffen hatte, stand in der Türschwelle. Sie sah die umgestoßenen Möbel an, sie betrachtete ihn, der hinter seinem Arm versteckt weinte, und auch sie begann zu weinen. Die Zeit des Wartens war zu lang gewesen. Sie küßten sich die Lippen wund und verharrten, mit zurückgeworfenem Kopf und geöffnetem Mund, schluchzend im Angesicht des Himmels und hielten sich an den Händen fest. Sie rief: «Die Tür!» «Was!» schrie er, «wie!» Aber die Tränen flossen wie von selbst, und sie kamen nicht zu Atem, bis plötzlich alles vorüber war. Sie richteten die Köpfe wieder auf und sahen sich schniefend, verständnislos an. Sie führte eine Hand an ihre Kehle.

«. . . Die Tür», sagte sie.

«Ja», sagte er. «Komm, wir wollen sie zumachen.»

Sie gingen hin, ohne einander loszulassen, und kehrten Seite an Seite zurück. Ganz behutsam hielten sie sich an den Handgelenken umfaßt und schritten bis an den Rand der Matratze. Sie beugten gleichzeitig die Knie. Beide zogen mit einer Hand an sich, was ihnen auf dem Teppich am nächsten lag, und so brachte der eine für das Lager ein Kissen mit, der andere einen Zipfel vom Bettuch. Sie rollten sich hinein und schliefen ein.

XI

Und weil es beinahe schon nicht mehr um sie ging; weil sich etwas ereignen sollte, dem gegenüber sie all ihre Erwartungen zurückstellen müßten; weil sie auf diesen Augenblick mit derselben heiligen Furcht geharrt hatten wie auf Weihnachten und Heiligabend; weil in den Gärten, den Klöstern, überall, bevor das Licht aufs neue entsteht, die Menschen und die Vögel sangen; weil sie durch den Bauch atmete und er überhaupt nicht mehr atmete; weil sie neben sich ein Zittern spürte wie von der Pfote eines träumenden Kaninchens; weil sie unter dem Bettuch hörten, daß es regnete über Frankreich und über dem Meer; weil sie auf verschwommene Weise glücklich waren über den gewaltigen Vorsprung, den es bedeutete, zusammen in einem Bett zu liegen, verglichen mit Milliarden anderer Leben noch im Zustand von Mollusken im feuchten Sand; weil das Brot und der Kaffee schon erfunden, die Hemden schon gewebt, die Häuser gebaut waren und man sich nicht zu rühren brauchte; weil sie das letzte Mal, als sie wach gewesen, zusammen ihr Kleid ausgezogen hatten, schliefen sie, Gesicht an Gesicht, ohne wirklich zu schlafen, erfüllt von der nächsten Nacht und vom nächsten Herbst. Und verharrten unbeweglicher als menschenmöglich auf der Lauer; und beobachteten, abwesend, die geringste Bewegung und lagen angespannt mit geschlossenen Augen wie zwei eingenickte Löwen, als ob der eine wie der andere nicht interessiert sei an der Fülle der zwischen ihnen auf dem Laken sich drängenden Brüste. Er erfuhr aus der Neigung der Matratze, daß sie üppig sein mußten; sie erkannte an seinem Seufzen, daß er ganz besessen war von ihnen; da aber beiden klar war, daß sie ihnen gehörten und daß niemand sie ihnen nehmen konnte, waren sie maßlos glücklich, über den Brüsten vor sich hin zu dämmern.

Zwischen den Wänden drang nicht das mindeste Geräusch des Hotels nach oben. Die Küchen mußten noch kalt sein. Der Regen hatte aufgehört, und ein grauer Schleier von Licht begann über die Umrisse dieser beiden einsamen Gestalten am Boden zu fallen. Da stützte er sich auf einen Ellbogen auf.
«Jetzt», sagte er.
Sie warf Arme und Kopf zurück und wölbte ihm mit fliehendem Blick unter dem Bettuch ihre pral-

len Brüste entgegen. Aber er dachte gar nicht daran, sie aufzudecken; er raffte nur ringsherum die Falten zusammen, zog an dem Bettuch, knüllte es zwischen den Handflächen und bauschte es langsam über sie ... Ihre Beine am anderen Ende der Matratze waren unbedeckt, ihr Oberkörper jedoch bis an die Augen verhüllt; sie konnte eben noch sehen, wie er das Tuch, das über ihr lag, mit unwahrscheinlichem Fingerspitzengefühl in die Hand nahm, als ob es sich da um eine dieser feinen Kompressen handelte, in die man Frischkäse einwickelt, und gleichzeitig kam es ihr vor, als ob sein Blick auf etwas ganz anderem ruhte, das nichts mit ihr zu tun hatte, – da begann er mit noch größerer Konzentration und mit zitternder Hand sein Werk auszuwickeln.
Sie spürte, wie sich unter den Fingern der Stoff bewegte, sie sah die Masse des Tuchs weniger und leichter werden, sie sah ihn und sein bärtiges Morgengesicht, das entsprechend älter wirkte, sie reckte wieder und wieder den Hals, um mehr zu sehen, aber er drückte sie auf die Matratze zurück. Hätte das Geheimnis des Zimmers darin bestanden, ein Tuch voller Münzen zu entfalten, seine Miene in dem schräg einfallenden Licht hätte nicht beunruhigender, sein eckiges Kinn wilder nicht aussehen können. Plötzlich hielt er es nicht mehr aus. Mit einer einzigen Armbewegung raffte er die letzten Falten und Fältchen mit allem, was sich darin bewegte, an sich.

«Mach die Augen zu», sagte er.

Dann wandte er sich wieder dem Bündel zu, das er fest an sich gepreßt hielt, öffnete es mit einer einzigen schroffen Bewegung und schaute auf ihre Brüste.

Er war sprachlos. Er war überrascht, weil sie von dunklen Venen durchzogen waren. Sie zeigten sich nicht weniger bewegt und waren gleichzeitig gänzlich auf Kampf eingestellt. Er nahm sie mit blossen Händen aus ihrem Nest. Er hatte die Hoffnung aufgegeben, eines Tages etwas so Schönes wie diese beiden geäderten Brüste an einem jungen Mädchen zu finden, und jetzt verzweifelte er über dieser Schönheit, die er sein ganzes Leben lang erfühlen, drücken und anbeten müßte. Er hielt sie wie Wasser in seinen Händen, und mit vor Schmerz verzerrten Zügen und neuen Erkenntnissen, um in seinem Buch den Schwindel des Wortes «besitzen» anzuprangern, berührte er sie mit seinen Lippen, und von Aufruhr verzehrt, hob er die Lenden und stemmte sich auf die Beine, und ganz und gar überwältigt endlich von der alten Hoffnung, erfüllt von dem Streben, die Engel zum Lächeln zu bringen, teilte er ihre Schenkel, lud sie auf seine Schultern und ließ das Floß ins offene Meer hinaustreiben.

«Blanche!» rief er. «Was bist du? Was bist du?»

Es war das erste Mal, daß er sie beim Namen nannte. Er stützte sich auf die Arme und schaute sie eindringlich an. Ihre Bäuche schlugen gegeneinander. Sie verbarg ihr Gesicht hinter den Händen.

«Du willst, daß ich gehe, nicht wahr?» fuhr er wie außer sich fort. «Du willst, daß ich dich in Ruhe lasse, einfach so?»

Er hielt inne ... Sie zog die Hände zurück.

«Nein!» rief sie.

«Dann sag es! Sag es!» befahl er in einem neuen Ansturm. «Du bist was? ...

Du bist meine ...?»

Sie verharrte mit offenem Mund. Sie war gefragt und verstand nichts. Sie verschlang ihn mit den Augen.

«Meine Frau ...» murmelte er. «Du bist meine Frau. Sag es. Sag: ich bin deine Frau!»

Und dabei preßte er sie erneut heftig an sich.

«Paß auf, gleich weine ich ... Ich möchte weinen ...»

Er sah, wie ihre Lippen sich zu einem Lächeln verzogen, wie ihr Tränen in die Augen traten und ihr weißer Hals sich wölbte. Was da durch ihn ausgelöst wurde, übertraf alle seine Erwartungen und befriedigte ihn zutiefst. Er nahm ihre Lippen und legte Mund auf Mund. Inmitten der Tränen erstickte ihre Stimme, und er drückte ihren Körper unter sich zu Boden. Sie spürten, daß sie sich mit großer Geschwindigkeit entfernten, daß sie immer leichter, immer unduldsamer wurden, und ihre Sinne waren unendlich geschärft wegen der Ohren hinter den Hotelwänden, durch die Vermischung ihrer Gerüche mit Luft und Licht, durch die Versprechungen des offenen Meeres und ihren so gegenwärtigen Leichtsinn und sie füllten das Zimmer mit einer Art unablässigem Raunen ... Und als er bald darauf an ihr das fast unmerkliche Beben spürte, das er auf der Bühne an ihren Beinen beobachtet hatte, und als er fühlte, wie sich ihr Beben bis in beide Schultern ausbreitete, und als er wahrnahm, wie er mit jedem Stoß den Ausdruck ihres Gesichts und den Klang ihrer Stimme unendlich verwandelte, erwachte in ihm ein so großes Bedürfnis, sich der völligen Erschütterung zu widersetzen, daß er fast aus der Fassung geriet, als sie plötzlich schrie: «Ah! Du verstehst es! Du verstehst es!». Und sie schlug nach allen Seiten aus in seinen Armen, beteuerte überstürzt tausend wirre Dinge und brach unvermittelt in kleine Lacher aus.

Und sie verlor das Bewußtsein. Er fand sich allein zurück, sein Geschlecht in ihrem reglosen Körper eingeschlossen, in dem er sich nicht mehr zu rühren wagte. Er hob die geblendeten Augen und blickte auf das sonnendurchflutete Zimmer. Er wachte über ihre trockenen Lippen, ihre bleichen Wangen, ihren in der neuen Stille verschwindend kleinen Atem und suchte in der Konzentration auf die gegenüberliegende Wand die Kraft zu finden, ihre Rückkehr abzuwarten. Aber in der wachsenden Erschütterung beim Anblick ihres absoluten Vertrauens und in der zunehmenden

Erregung über die eigene Bestürzung begann er, sich langsam, ganz langsam wieder zu bewegen, ohne den Blick von der Wand zu lösen. Und leise, ganz leise begann sie, auf ihn einzugehen, und als sie seufzte und noch ganz benommen war, brachte er sie wieder auf den Weg. Leidenschaftlich und voller Schweiß kehrten sie zurück in den Sturm, und immer wieder aufs neue entlockte er ihr Lust und Lachen . . .
«Und du? Du auch!» flehte sie und fiel erneut ohnmächtig zurück.
«Nein, ich nicht . . . Ich nicht», sagte er gepreßt. Seine alte Ahnung und Vorstellung von einer unerschöpflichen Frau würde sich diesmal bestätigen – wenn sie ihn nur machen ließ, wenn sie ihn nicht ansprach, wenn sie ihn liebte, wie er sie liebte. Diese Bestätigung würde er im tiefsten Wesengrund dieser Frau finden, von der er nichts wußte, auf deren tiefstem Grund er jedoch zum ersten Mal in seinem Mannesleben seine Bestimmung fand, sein Ziel, seine Erfüllung, im verzehrenden Fieber des Suchenden, der sucht, der wühlt und Zeit und Mühe nicht scheut . . .
Der Morgen rückte heran. Vom Strand drangen spitze Schreie herauf. In den Korridoren schlugen Türen. Dem Klirren von Tassen und Teekannen folgte das Surren der Staubsauger, der Klang von Schlüsseln in Schlüssellöchern. Im Innern des Zimmers 420 lag der Sohn von René und Adrienne gevierteilt wie auf einem Kreuz, dessen

Arme seit seiner Geburt zu dieser Frau und von dieser Frau zu seinem Tod führten, und er brachte sie unentwegt von Neubeginn zu Neubeginn.

XII

Ein heftiger Schlag gegen die Tür ließ ihn aus dem Schlaf hochfahren. Im Dunst und Tosen des Meeres tauchte eine Frau im Kittel auf.

«Oh, Verzeihung!» rief sie, und die Tür schloß sich wieder.

Er sank schwer neben Blanche zurück. Sie stöhnte im Halbschlaf.

Die Sonne, die quer über den Teppich fiel, schien ihr voll ins Gesicht. Er stand sofort wieder auf, rüttelte an den Fensterflügeln und zog am Vorhang. Dann tat er einen großen Schritt über ihren Körper auf der Matratze, holte ein Glas Wasser aus dem Badezimmer und kniete sich hin, um ihren Kopf zu heben.

Ihre geschwollenen, gesprungenen und ausgetrockneten Lippen lösten sich nur mühsam voneinander. Als er, auf die Matratze gestützt, ihr das Glas an den Mund führte, kam es ihm vor, als ob sie etwas zu sagen versuchte, und er neigte sich aufmerksam weiter vor.

«... nicht ... be ... we ... gen», hörte er.

Er brach in Lachen aus.
«Ja, nicht bewegen! Das kann ich mir denken», sagte er laut. «Aber du mußt etwas trinken. Mach die Augen auf.»
Sie wollte etwas anderes sagen. Er beobachtete, wie sie zu sprechen suchte und horchte aufmerksam:«. . . nicht . . . spre . . . chen . . .»
«Nicht bewegen. nicht sprechen– sonst noch etwas?» rief er vergnügt. «Und essen? Nein? Vielleicht auch nicht essen?»
Er wartete einen Augenblick. Sie atmete regelmäßig in seiner Hand. Er pustete auf den Schleier von Haaren, der ihr über die Wangen fiel.
«Hier, ich habe ein Glas Wasser» sagte er noch einmal.
Jetzt bebte ihr ganzes Gesicht. Die Lider verengten sich. Sie schien außer sich.
«. . . weiß . . . ich», murmelte sie.
Sein Arm konnte sie nicht mehr halten, ohne zu zittern. Er legte ihren Kopf behutsam auf die Matratze zurück, ordnete ihr Haar und ließ sie einschlafen.

Er war so glücklich, wie er nackt und hungrig war, schlüpfte hinter den Vorhang und stützte sich mit den Ellenbogen aufs Fensterbrett. Mit dem Regen war die Hitze der letzten Tage geschwunden. Der Sand am Fuß der Treppe war noch mit Regenlöchern übersät. Ein närrischer

Wind machte die Fahne knattern, die Baden im Meer erlaubte, blähte die Zelte auf wie Kleider, und riesige, strahlend weiße Wolken, die in ziemlichem Abstand von der Sonne am Himmel zogen, gaben der ganzen Küste mit den davonfliegenden Hüten und den Drachen aufs neue die Atmosphäre eines offiziellen Festes. Sein völlig neues, aber noch unentwickeltes und übernächtigtes Bewußtsein, konnte eine solche Gegenüberstellung mit dem Unendlichen kaum ertragen. Die Welt, aus der er kam, war üppig voll von Schatten und reichem Laubwerk. Die Schlichtheit des Ozeans und des Himmels, die Brutalität dieses Lichts, das Durcheinander, die belanglosen Schreie der kleinen schwarzen und unwissenden Kreaturen und das gänzliche Fehlen des Geheimnishaften, das die Welt dort unten kennzeichnete, ließen ihn schleunigst ins Zimmer zurücktreten und den zweiten Vorhang zuziehen.
In der Atmosphäre eines roten, hier und da von Feuerstreifen durchzogenen Schattens wirkte die Unordnung des Zimmers hinreißend. Mit kleinen, lautlosen Schritten ging er darin auf nackten Füßen geschmeidig wie in einem Garten spazieren und begab sich von einer Ecke zur anderen und konnte sich, die Hand in der Hüfte, ein Bein in Ruhestellung, nicht satt sehen an der Gesamtheit seines Werkes. Alle Blickwinkel liefen zu seinen Füßen, in dieser stummen Überfülle von Weiß aus den Kissen, seinem Taschentuch, seiner Kleidung,

dem Wasserglas, dem Kleid und dem Höschen seiner Frau und den verrückten Bettüchern zusammen, an deren Oberfläche Haarsträhnen schwammen wie Rabenflügel. Etwas weiter zum Rande hin lagen seine zerknüllten Seiten, der Papierkorb, der umgestoßene Stuhl, sodann die Schlummerrolle, der Seesack, den Onkel Edouard ihm für seinen Militärdienst geschenkt hatte, die zusammengerollte Tagesdecke, man hätte sie für einen Strick zum Entfliehen durchs Fenster halten könnendann der Wecker, ein Aschenbecher, das Telefon, und plötzlich, zwischen zwei Pumps, eine weit geöffnete Leinentasche, in der er bunt durcheinander eine Bürste, Sandalen, Schminkkästchen, ein Umschlagtuch und ein kariertes Blatt Papier entdeckte. Er brauchte nur die Hand auszustrecken. Er las:

Die Kette aus rosa Obstkernen von den
Antillen (August 75)
Der stehende Löwe aus Lomé (Togo)
Der liegende Löwe aus Peking (1.Reise)
Die Rieseneidechse aus Garoua (Kamerun)
Der Goulou-goulou aus Abidjan
Der orangrote Morgenrock und der
Tukan aus Mexico (Frühling 78)
Die blaue Katze aus Murano
Die beiden Stroheulen aus Shanghai
Das Malachit-Kaninchen (Hongkong)

Das Kästchen mit dem Drachen aus Peking (2. Reise)
Die rote Elfenbeinkamee aus Neu-Delhi (1. Reise)
Der Skarabäus aus Conakry
Der Morgenrock aus Kioto (Japan, April oder Mai 79)
Das 1. Armband mit Goldkugeln aus Taif (Saudi-Arabien verloren!)
Das 2. Armband mit Goldkugeln aus Amman (Jordanien)
Der Rock mit den Elefanten aus Delhi (Januar 80, 1. Reise)
Die beiden Glasscheiben und die gelbe Kugel aus Hebron (Israel)
Der 1. Unterrock, grau, aus Sumatra
Der 2. Unterrock, aus Java
Der Fächer mit Pfauenfedern aus Neu-Delhi
Der Stier Nandi aus Madurai
Die kandierten Früchte aus Damaskus

Wer hätte ihr angesehen, daß sie soviel gereist war? Er spürte einen leichten kalten Luftzug. Er untersagte sich einen Vergleich mit seiner eigenen Kindheit in der Auvergne, den langen Jahren im Internat, den Studienjahren in Paris, einigen Zwangsferien, immer in Europa, und rechnete schnell nach: vierundzwanzig, fünfundzwanzig

Jahre, kaum älter, sagen wir fünfzehn im Jahre 1975, mit fünfzehn auf den Antillen, ja das war möglich, aber mit achtzehn in Mexiko, ein erster Morgenrock, zwischendurch Togo, China, Kamerun ... Ein zweiter Morgenrock ... kaum ein Jahr nach dem ersten ... Dann hätten zwischen dem ersten und zweiten Venedig ein, zwei weitere Reisen nach China, Indien und Guinea gelegen, nein, das war doch nicht möglich ... Und dann all diese Tiere, diese präzisen Angaben der Schülerin, dieses verlorengegangene und sogleich ersetzte Armband, nein wirklich, es war wohl vernünftiger anzunehmen, daß es sich dabei um Geschenke handelte, die wahrscheinlich ihr Vater mitgebracht hatte.
Er faltete den Zettel liebevoll zusammen, legte ihn in die Tasche zurück und begab sich wieder in ihre Nähe.

Sie hatte wieder ein wenig Farbe bekommen. Ihr Gesicht war entspannt. Die Haare klebten ihr auf der Stirn. Die feinen Schweißperlen auf ihrer Haut schienen wie vom Fieber einer Glückseligkeit zu rühren. Er betrachtete ihre Augenbrauen, ihren großen Mund, die Art, wie ihre Hände lagen. Die Massivität dieses Schlafes hatte etwas Steinernes. Die Ärmste ... Am Vortag noch hatte sie aus vollem Halse gesungen; war wild und ungestüm die Treppe des Kasinos hinuntergestürzt, zu ihren Freunden gelaufen, und dann war sie einfach gekommen, um sich erschlagen zu lassen ... Wie sie sich gewehrt hatte! Wie sinnlos ihre Wutausbrüche gewesen waren, mit denen sie beweisen wollte, daß sie frei war, als doch längst feststand, daß sie nicht mehr frei war! Tief bewegt legte er ihr einen Finger unter die Nasenflügel und spürte den leisen Hauch ihres Lebens, dieses Lebens, das seit einigen Stunden ihm gehörte, für ihn da war, ein Traumgeschenk, das mitten in der Nacht ganz von allein gekommen war. Da bewegte sie sich leicht. Er entdeckte ein Goldkörnchen, das in einer Mulde des Bettuchs schimmerte, und zog zwischen den Falten eine winzige Kette mit viereckigen Gliedern hervor, die er sogleich als das zweite Armband mit Goldkugeln aus Amman erkannte ... Er schloß die Faust um seinen Fund, und da er glaubte, daß sie dringend Nahrung bräuchte, hockte er sich hinter den Bettrahmen und gab mit leiser Stimme die Bestellung auf.

Nackt, einsam und geschäftig lief er in ihrem Blickfeld hin und her, ohne sie anzusehen. So also war dieser Mann am Morgen; sie empfand eine vage Angst vor diesem Wissen. Und bevor er sie in ihrem halbwachen Zustand überraschen konnte, schloß sie die Augen wieder: Die Logik seiner Gesten und Bewegungen war ihr noch nicht klar; diese kindliche Glückseligkeit wollte sie sich noch ein wenig erhalten ... Aber so tief unten und kraftlos dazuliegen, während er stand und seine strotzende Gesundheit um sie herum spazierenführte, weckte in ihr zugleich so etwas wie Furcht ...

In einem weißen Bademantel tauchte er wieder auf. Einen Augenblick später klopfte es an der Tür. Sie sah ihn mit einem großen Tablett zurückkommen, das er auf dem Tisch absetzte. Die Beflissenheit, die er jetzt am Morgrn zeigte, schien einem starken Bedürfnis zu entspringen, etwas wieder gutzumachen und sich gleichzeitig zu bedanken ...

Sie sah noch, wie er das Brötchen mit Butter bestrich. Als er anschließend den Kopf wandte, begegneten sich ihre Blicke.

Sie sahen sich von weitem schweigend an. Nichts an Lucas verriet seine nächste Bewegung, und die Sekunden verstrichen.

Sie streckte ihm die Arme entgegen.

Er ließ das Messer fallen und lief zu ihr.

«Wie fühlst du dich ?» murmelte er ihr ins Ohr.

« Und du?»

«Ich habe Angst ... Ich merke, daß ich verrückt werde.» sagte er hastig

Sie spürte seinen warmen Atem über ihre Wangen streichen. Sie blickte zu ihm auf.

«Hast du nicht geschlafen?»

Er nahm ihre Hand und richtete sich auf, seine Worte vorbereitend ...

«Ha, mein Armband!!»
Sie faßte sich ans Handgelenk, während er in seine Tasche griff.
«Ich frage mich wirklich, wie du es verloren hast . . .», sagte er schließlich.
Er lächelte und legte es auf das Bettuch.
«Ein Kinderarmband, könnte man meinen», fügte er hinzu. «Hast du es von deinem Vater?»
Sie nahm ihren ganzen Mut zusammen.
«Nein», sagte sie, «von meinem Mann.»
Sie hatte die Lippen noch nicht wieder geschlossen, da war er schon aufgestanden und mit den Broten beschäftigt.
«Lucas!» rief sie, «du wirst doch nicht . . .»
«Nimmst du Tee oder Kaffee?» fragte er.

XIII

Sie frühstückten schweigend mit gesenktem Blick. Sie wartete, die Kaffeekanne in der Hand. Er antwortete nicht mal auf die Frage: «Möchtest du noch etwas? Soll ich dir einschenken?» Seine Portion Butter war nur ihm bestimmt. Sie machte für sich ein neues Päckchen auf. Er sah sie nicht, hörte sie nicht. Sie reichten sich abwechselnd das einzige Messer, das sie auf dem Tablett gefunden hatten, und legten es wieder hin. Jedes Geräusch war zuviel. Gedankenlos führte sie die dampfende Tasse an ihre Lippen; ihr fiel nichts ein, wie man das Gespräch wieder aufnehmen konnte. Ich habe niemand betrogen. Dieser Satz kam ihr vollständig in den Sinn. Im gleichen Augenblick hörte sie sich mit lauter Stimme sagen: «Ich habe niemand betrogen».

Sie blickte auf. Er war nicht einmal zusammengezuckt. So streng war er noch schöner. Er trank mit kleinen Schlucken.

«Falls wir uns einmal zufällig wiedersehen sollten», sagte sie langsam, «ist dein momentanes

Verhalten nicht gerade einladend. Jedenfalls werde ich es dir immer als Minuspunkt anrechnen.»

Er stieß das Tablett zurück und legte sich auf den Rücken, die Hände im Nacken, die Augen zur Decke gerichtet.

«Wenn ich es mir recht überlege», fuhr sie fort, «bin ich dir keinerlei Erklärung schuldig. Aber natürlich gibt es Erklärungen. Genügend sogar, daß du dir etwas lächerlich vorkommen würdest, glaube ich.»

Sie hielt einen Augenblick inne und fragte dann: «Bist du bereit mir zuzuhören?»

«Ich bin es, der hier die Fragen stellt», sagte er plötzlich.

«Wie du willst.»

Sie streckte sich am anderen Ende des Tabletts, ebenfalls aus. Er begann mit rauher Stimme:

«Wie viele Kinder haben Sie?»

«Aha, man siezt sich also wieder!» sagte sie. «Auch gut. Keine Kinder.»

«Wieviele Abtreibungen?»

«Keine.»

«Seit wann sind Sie verheiratet?»

«Seit sieben Jahren. Aber wir sind auseinander,» fügte sie hinzu. «Als ich François begegnet bin, war ich fünfzehn Jahre alt.»

«Schön, es ist also François?›»

«Wie bitte?» sagte sie und wandte ihm die Augen zu.

«Ich habe gesagt: ‹Schön, es ist also François.›»
«Aber natürlich ist es François . . .»
«Das ist noch mieser als ich dachte,» sagte er beim Aufstehen.
Er hob seine Kleidung auf, ging ins Badezimmer und schloß sich ein.
Mit einem einzigen Satz war sie auf der Schwelle, hämmerte mit Fäusten und Knien gegen die Tür. Zu ihrem Erstaunen wurde sie geöffnet. Er erschien mit einem Handtuch in der Hand. Sein sonst so ausdrucksvolles Gesicht war nur noch eine Maske. Das Wasser lief geräuschvoll in die Wanne. Er musterte sie von oben bis unten, bevor er ihr das Handtuch zuwarf. Sie hatte ihre Brüste mit beiden Armen verdeckt.
«Was wollen Sie?»
«Das Badezimmer», sagte sie empört.
«Wenn Sie sich immer so aufführen, kann ich verstehen, daß Ihre Ehe nicht gehalten hat», sagte er und trat zur Seite. «Also, bitte, es steht Ihnen zur Verfügung».
«Wenn Sie sich immer so aufführen»,sagte sie, während sie hineinging und das Badewasser prüfte, «verstehe ich, daß man sich darauf beschränkt, mit Ihnen zu schlafen.»
Und sie schlug die Tür zu, die aber sogleich wieder geöffnet wurde. Sie wich ein paar Schritte zurück.
«Was gibt es?» sagte sie schwach.
Und als er auf sie zukam, drückte sie sich gegen

das Waschbecken. Er streckte den Arm aus, nahm seine Sachen vom Hocker und verschwand wortlos.

Als sie die Tür wieder öffnete, drehte er sich nicht einmal um. Er saß an seinem Arbeitstisch und war nur mit einer weißen Hose bekleidet. Der Rücken breit und muskulös, die nackten Füße aufeinander gestellt, rauchte er seine qualmende Pfeife und blätterte in den Seiten eines großen Wörterbuchs. Sie stahl sich ins Zimmer, fand ihr Kleid und ihr Höschen wieder und zog sich leise an. Dann besann sie sich, holte ihre Tasche, zog das Höschen wieder aus und streifte sich den Badeanzug über. Sie steckte ihre Pumps in die Tasche und schlüpfte in Sandalen. Zum Schluß bürstete sie sich die Haare. Er hatte sich nicht gerührt.
«Auf Wiedersehen», sagte sie.
Er antwortete nicht. Sie ging zur Tür, drehte den Schlüssel, drückte den Riegel herunter und ging nach draußen.

Auf der anderen Seite der Tür war Winter. Der Flur wollte kein Ende nehmen. Im Licht der elektrischen Wandleuchten konnte sie zwischen den gedämpften Wänden auf dem weichen Teppich die eigenen Schritte nicht hören. Mit brennenden Augen und einem Kribbeln im Bauch lief sie schweigend weiter. Auf einmal konnte sie ihre nackten Arme nicht mehr leiden. Der Riemen der Tasche scheuerte an ihrer Schulter. Sie spürte, wie ihre Mundwinkel sich nach unten verzogen und ihr die Haut am ganzen Körper wie nach einem Sonnentag brannte. All das wollte er nicht mehr, er hatte es ihr wieder zurückgegeben. Sie drückte auf den Knopf, und der Lift war da, noch bevor sie mit einem letzten Blick über den öden Flur die Türen zuende gezählt hatte.

XIV

Die Empfindung jener legendenhaften Wesen, die den Wassern entkommen und an den Ufern eines Kontinents gestrandet waren, konnte nicht viel anders gewesen sein. Bäuchlings auf der Erde, mit Tränen auf den Wimpern, ließ sie sich vom Wind zausen, während sie im Schatten ihrer Arme, die sie über den Augen verschränkt hatte, den kleinen Sandfloh beobachtete; der war so leicht, daß er sich aus jeder Verschüttung befreite. Der abgerissene Klang der Stimmen unter dem Himmel, das hohle Knallen der Bälle, das Rascheln einer Zeitung im Wind, das Hundebellen und Weinen von Kindern erreichten sie wie aus großer Ferne. In die Unruhe der Welt, in das Tosen der Wellen mischte sich die Erinnerung an die Ereignisse der Nacht. Und unter dem Stechen der Sonne, wenn der Wind unerwartet aussetzte, wenn Luft und Geräusche plötzlich erstarben, sah sie mit jedem Wimpernschlag im roten Flimmern ihrer Augen ihn. Wie er sie unverwandt angeschaut und ihr seine Daumen auf die Brustwarzen gelegt hatte, wie er sie aufgerichtet und auf dem Kissen zurechtgerückt hatte, um eine bessere Stellung zu finden. Wie er mit fünf Fingern ihren Mund genommen und seinem Mund zugeführt hatte wie ein Affe, der eine Frucht ißt, und sie erinnerte sich an die Rauhheit seines Kinns und das Seidige seiner Schultern und die Behaarung seiner Schenkel und das Störrische seiner Ideen, an seine ganze Art und seinen Manneswillen ... Noch im hohen Alter würde das Mal seiner Berührungen ihres Körpers an diesem Sommermorgen– dem Morgen, da er sie gewollt hatte– auf ihr brennen wie unbegreifliche Ohrfeigen. So läuft man vielleicht von einem Mann zum nächsten, bis einer einen mitten im Lauf zum Stehen bringt. Andere vor ihm hatten Gleiches getan, andere nach ihm würden Ähnliches tun ... Aber daß er das Recht gehabt hatte, ihr die Knöpfe des Kleides zu öffnen, daß er sie nackt und flehend gesehen hatte, daß er ihre feuchte Scham entdeckt und seine Finger hineingetaucht hatte, daß er sie schreien und weinen gehört, daß er sie hilflos, aufgelöst und ungewaschen erlebt hatte; daß all diese Bilder von ihr in ihm lebten, er jetzt fortgehen und sie mitnehmen konnte, daß er jetzt nur noch Verachtung für sie in sich trug, daß er Abscheu hegen konnte bei der Erinnerung an ihr Erröten, ihre Seufzer und ihre weibliche Erregung, – all das kam ihr neben dem aufkommenden, nicht zu unterdrückenden Schamgefühl in ihrem Leben

zum erstenmal wie etwas vor, das sie nicht überstehen und mit dem sie nicht fertig werden konnte.
Ihr fiel die Geschichte dieser Soldaten wieder ein, für die die Zeit mit der Explosion einer Bombe stehengeblieben war; der Fall dieser für immer eingemauerten Frauen kam ihr wieder in den Sinn, die eine einzige Liebesnacht für ein ganzes Leben entschädigt zu haben schien, als sie die Hände über dem Kopf verschränkte. Und bei der Berührung mit dem Sand fiel ihr seine Abwesenheit wieder ein. Sie spürte es plötzlich sogar in den Knien, als die Gabelung ihres Beckens zu ihrem Unglück einen kleinen Sandhaufen zwischen ihren Schenkeln aufwarf, bat sie laut klagend den Wind, daß er sie forttrüge in die Zeit, als Lucas sie umwarb ... Mit welcher Kühnheit, welcher Entschlossenheit er ihnen auf der Straße gefolgt war! Mit welcher Nervosität er am Ausgang des Kasinos aufgetaucht war! Mit welch mörderischem Blick er François in Saint-Cloud empfangen hatte! Wie er sich auf der Terrasse des Restaurants für sie geschlagen hatte, und wie er sie, am ganzen Körper zitternd, in die Arme genommen und doch nicht gewagt hatte, sie zu küssen, und mit welch bockiger Miene er das erste Mal geantwortet hatte, wie um zu verbergen, daß sie ihm gefiel! Und diese Sache mit dem verlorenen Tabak, die nur ein Vorwand gewesen war, um ihr seine Rückenwölbung zu zeigen,

instinktiv, so offenkundig, wie Tiere es taten! Bild für Bild verfolgte sie die Stationen zurück, die ihrer Eroberung vorausgegangen waren, bis ein plötzliches heftiges Erbrechen, das ihr in den Hals zurückfloß, sie im Sand auf die Knie zwang. «Du bist meine Frau, meine Frau, du bist meine Frau.» Sie hatte diesen seinen Satz wiedergefunden.

«Kann ich Ihnen helfen, Madame?» fragte eine Männerstimme.

«Sind Sie aus dem Hotel, Madame? Soll man jemand benachrichtigen?» fragte eine andere Stimme.

Mit gebeugtem Nacken schüttelte sie den Kopf. «Meine Frau» – er hatte sie aufgefordert zu sagen, daß sie seine Frau war, vor allen Gästen des Restaurants hatte er sie seine Frau genannt . . .

«Vorsicht, Ihre Haare fallen hinein . . .»

Sie spürte, daß man ihr Wasser über den Nacken goß. Eine Hand streute aus einem kleinem Kindereimer Erde in den Sand vor ihr.

«Fühlt sie sich nicht wohl?» rief eine Frau aus der Ferne. «Sie darf nicht in der Sonne bleiben . . . Setzen Sie ihr diesen Hut auf.»

Sie stand auf.

«Danke», sagte sie, «es geht mir gut . . . Nein. Wem gehört dieser Hut . . . Danke . . . Ich werde baden gehen . . .».

Sie watete eine kleine Weile durch Pfützen und Lichtreflexe, bis sie die ersten Wellen erreichte. Obwohl das, was ihr widerfahren war, sie durchaus ein wenig beeindruckte, kam es ihr so vor, als hätte sie die Person, der das zugestoßen war, ganz weit hinter sich zurückgelassen. Die Wogen brachen sich an ihren Beinen, atemlos wirbelten in ihnen die Jungen um sie herum. Sie machte sich einen Knoten ins Haar und ging auf den Horizont zu. Der Wind pfiff ihr in den Ohren, Segelbretter flogen über die Wellenkämme, von allen Seiten kam Gefahr auf sie zu. Sie breitete die Arme aus und warf sich ins Wasser.

Bei dem Gedanken, daß sie in diesem Jahr zum erstenmal im Meer badete, kam sie sich ziemlich mutig vor. Das Wasser war schwer und kalt. Sie konzentrierte sich ganz darauf, es zurückzudrängen, so daß es ihre Finger nicht auseinanderspreizte, und unversehens kam ihr alles Bedrohliche gar nicht mehr bedrohlich vor. Die Wellen rollten ihr entgegen; das Kinn nach vorn gereckt, kämpfte sie gegen sie an. In der frostigen Gischt zwischen Wellenkämmen und -tälern hob es sie hoch und nieder. Millionen funkelnder Facetten machten sie blind. Von allen Seiten schlug das Meer auf sie ein, und sie erlebte darin die Wollust zu leben, die unendliche Vielfalt der Gefühle und Situationen, die Abfolge der Monate und Empfindungen, die ein Leben ausmachen .... Inmitten all dessen, was sich wie eine Erschütterung ihres

Seins ankündigte, schickte sie sich von vornherein willig in die Kämpfe, die Erde und Wolken für sie bereithielten, und in alles, was sie in einer Minute zu erfassen vermochte, von den kleinsten Freuden zu den größten Leiden. Wie hatte sie nur annehmen können, er habe sie weggeschickt, obwohl doch sie, großartig wie eine beleidigte Frau, das Zimmer verlassen hatte! Sie sah ihn vor sich, wie er in sich zurückgezogen langsam die Folgen seiner Unnachgiebigkeit spürte, und hinter der heftigen Enttäuschung, die er gezeigt hatte, erahnte sie auf einmal die größte aller Huldigungen. Sie atmete schwer und drehte sich um.
In der Häuserflucht, die sich kilometerweit die Küste entlang ersteckte, erschien das Hotel lächerlich klein. Seine steinernen Balkons mit den Bogendächern verschwammen im Licht. Das Fenster der vierten Etage konnte sie kaum ausmachen. Langsam auf dem Rücken zurücktreibend, durchpflügte sie mit Händen und Beinen das Wasser, in einer wachsenden Euphorie trieb sie, leicht wie ein Blatt, auf den Fluten. François, der weiterhin seine Hand über sie hielt, war durch Lucas auf seltsame Weise viel wichtiger geworden, und so sah sie sich heute, wie sollte man darüber nicht lachen vor Freude, bei zwei Männern im Mittelpunkt des Lebens. Sie müsste in Zukunft darauf achten, die alte Liebe des einen wie auch die hitzige Liebe des anderen zu erhalten und zu pflegen.

XV

Sie stieg schwankend aus dem Wasser, nahm ihre Sachen, trug sie ein Stück landeinwärts, ließ sich erschöpft nieder und schaute in den Himmel.

Ihr Herz pochte noch im Rhytmus des Schwimmens. Es rauschte ihr in den Ohren. Sie schloß die Augen. Die Hände flach auf dem warmen Sand, fühlte sie die Welt unter sich hinweggleiten, und für wenige Sekunden hielt sie sich unter dem Eindruck, ins Leere zu fallen, an einer Handvoll Sand fest. Der plötzliche Wutanfall eines Kindes drang laut herüber, dann der trockene Knall eines Schlages auf einen Kopf. «Na so was, da ist mir doch die Hand ausgerutscht!» Ein kurzes Schweigen, dann erneutes Weinen. «Du willst dir wohl noch eine fangen, was? Achte auf meine Hand, Christophe! Die wartet nur darauf! Soll ich?»

Blanche hob den Kopf. Und sie wollte sich eben wieder zurückfallen lassen, da entdeckte sie Lucas, der in Badehose, ein Handtuch über der Schulter, die Treppe des Deiches hinabstieg. Sie legte sich sofort hin und rührte sich nicht. Blau, überall nichts als Blau. Wäre da nicht der Kummer dieses kleinen Kindes gewesen, so hätte alles fast an Vollkommenheit gegrenzt.

Einen Augenblick später breitete Lucas sein Handtuch neben ihr aus und bückte sich, um in ihrer großen Tasche herumzuwühlen. Sie richtete sich auf.

«Du wühlst in meiner Tasche herum?»

«Ich wollte dich nicht stören», sagte er und hielt inne.

«Ich suche die Creme für mein Gesicht. Hast du keine dabei?»

«Was für eine Creme? Wovon redest du?»

«Von der Creme für die Sonne . . .

«Ich habe keine Sonnencreme.»

«Wie, du hast keine Creme?» rief er aus. «Aber eine Frau hat doch immer eine Tube Creme bei sich!»

«Eine Frau? Welche Frau?» fragte sie schläfrig zurück.

«Also, meine Mutter zum Beispiel hatte immer eine . . .»

Er stellte fest, daß sie sich vor Lachen schüttelte.

«Was ist los mit dir?» fragte er. «Hast du den Verstand verloren?»

«Nein, nein, ich hatte nur gedacht, daß ich auch deine . . . deine Schaufel und dein Eimerchen mitzubringen vergessen habe!»

Und wieder überkam sie ein verrücktes Lachen.

Er antwortete nicht.

Aufrecht im Wind, mit gerunzelter Nase, die Augen zum Horizont hin zusammengekniffen, rieb er sich unsicher die Brust.
«Unter diesen Umständen weiß ich nicht, ob ich hierbleibe», murmelte er. Sie streckte die Hand aus, faßte ihn am Knöchel.
«Komm . . . So leg dich doch hin. Es ist schön hier im Sand.»
Lucas sah sich suchend um.
«Wo soll ich mich denn hinlegen?» fragte er.
Er hatte den gleichen verlorenen, schicksalsergebenen Gesichtsausdruck, den sie am Vortag auf der Straße an ihm beobachtet hatte, kurz bevor sie sich verabredeten. Sie klopfte auf das Handtuch zu ihrer Linken.
«Hier. Hier. Komm her. Das ist dein Platz.»
Er ließ sich fallen und streckte sich auf dem Bauch aus, eine Wange zu ihr gewandt.

Sie schlossen die Augen. Seite an Seite, Ellenbogen an Ellenbogen, fühlten sie sich wieder eins werden. Gelegentlich entfuhr ihnen in der drükkenden Hitze ein langer Seufzer. Es war für beide lange her, daß sie so ein Gefühl der Sicherheit empfunden hatten.
«Ich wollte dir sagen . . .» begann er.
Ueber den Rand ihres Arms öffnete sie ein Auge.
«Ja?»
«Du hast einen verrückten Körper . . . So einen

Körper habe ich noch nie erlebt.» Seine langen, dichten Wimpern schimmerten auf seiner Wange. Er sprach wie im Schlaf, mit monotoner, wie gebrochener Stimme. Sie hatte in der warmen Sonne einen trägen Klang.

«Du hast unendlich lange Beine ... und einen winzigen Bauch. Deine Brüste sind unglaublich lebendig, und deine Schultern sind wie die Schultern eines kleinen, verlorenen Kindes ... Du hast einen Po, aber keine Hüften ... Nichts paßt zusammen ...»

Seine Lippen blieben halb geöffnet. Er begann schneller zu atmen, während sich seine Augenbrauen hoben.

«Du bist in allem eine Überraschung», schloß er.

Und mit einem Schlag entspannten sich alle Muskeln seines Gesichts. Er fügte hinzu:

«Gleichzeitig lang ... und rund ...»

Und schien einzuschlafen.

Sie schloß die Augen erneut. Ein schwaches Schnarchen bestätigte ihr, daß er wirklich schlief. Die Laute und Geräusche des Universums gewannen die Oberhand, füllten alles aus. Wind und Sonne jagten sich zwischen ihren Schulterblättern. Die Luft trug Fetzen von Musik herüber. Der herbe Geruch des Ozeans legte sich über das warme Fleisch ihrer Arme.

«Ein normales Mädchen könnte ich nicht mehr ertragen», sagte er hochfahrend.

«Jetzt redest du Unsinn», schimpfte sie. «Es gibt

kein normales Mädchen. Jedes Mädchen ist etwas Besonderes.»

Doch in einer jähen Angst, die Worte könnten seinen Zorn erregen, schob sie durch den Sand hindurch ihre Fingerspitzen bis zu seinem Ellenbogen vor. Er spürte sie, faßte sie, drückte heftig ihre Hand und legte ihr den Arm um die Schultern.

So miteinander verbunden, Stirn an Stirn, verharrten die inmitten der allgemeinen Auflösung im eigenen Schatten. Sie brauchten sich nicht anzuschauen. Sie begegneten sich dort, in dieser besonderen Stille, über dieser kleinen Sandwüste, deren Grenzen sie festgelegt hatten, und in der Betrachtung von Fels–und Glasbröckchen, von Mikronen von Muscheltrümmern, von Glimmersplittern und glänzenden Quarzkristallen, die seit Anbeginn der Zeit abgeschliffen, glattgehobelt worden waren von den Stürmen und Nächten, wurden ihre Gedanken frei.

«Meine Eltern halten sich in ihrem Sarg in Paris fest, ganz so wie wir», murmelte er. «Man hat sie nie voneinander trennen können.»

«Was ist passiert?»

«Sie waren wie zusammengeschweißt. Alle Gelenke werden nach dem Tod . . . .»

«Nein das verstehe ich schon», sagte sie schnell. «Aber weshalb?»

«Ertrunken in einem See», sagte er.

Wie in einer gleichen Gefühlsregung beugten sie den Hals vor.

Einen Augenblick später flüsterte sie. «Einer der beiden hat den anderen retten wollen. So ist es wohl gewesen?»
«Nein, das Gegenteil.»
«. . .»
«Er war wahnsinnig vor Eifersucht. Er hat sie auf den Grund des Sees gezogen.»
«Woher weißt du das?»
«Ich war dabei.»
«Und du konntest nichts tun?»
«Ich war acht Jahre alt», sagte er.
Sie barg die Nase an seinem Hals und schmiegte sich an ihn.
Er stieß sie zurück.
«Danke, man braucht mich nicht zu bemuttern. Ich trage das schon dreißig Jahre lang mit mir herum.»
Sie zog den Arm zurück.
«Entschuldige. Aus diesem Gefühl habe ich es wirklich nicht getan.»
Sie kniete sich hin, beugte sich über ihre Tasche und zündete sich im Schutz der Tasche eine Zigarette an.
Lucas legte sich auf den Rücken.
«Möchtest du auch eine?» fragte sie.
Er schüttelte den Kopf.
Wahrhaftig, es war schwer, bei ihm nicht die gute Laune zu verlieren. Sie saugte kraftlos an der Zigarette und fand, daß sie wie Mist schmeckte. Für die Leute in der Umgebung schienen die

Dinge einfacher, leichter zu sein, es kam ihr plötzlich so vor, als habe der Himmel sich verdunkelt. Sie hatten miteinander geschlafen, sie hatten sich alles Wesentliche gesagt, – was gab es da jetzt noch zu erleben außer Regentagen, frostigen Morgen, Abendessen im Restaurant, schweigendem Herumlaufen nebeneinander auf der Suche nach einem Kino, was konnte man erfinden, wie sollte man überdauern? Ihr zitterte das Herz, sie hätte schreien mögen.

«Du solltest dir den Büstenhalter wieder anziehen», sagte er.

«Ich werde darüber nachdenken.»

«Diese Mode ist nichts für dich.»

«Das hat doch nichts mehr mit Mode zu tun. Es regt seit längerer Zeit eigentlich niemand mehr auf, falls es dir darum geht,» antwortete sie.

«Sieh dich doch um.»

Er richtete sich auf, nahm ihr die Zigarette aus dem Mund und warf sie in hohem Bogen über seine Schulter hinter sich in den Sand.

«Es ist mir vollkommen egal, was um uns herum passiert», sagte er mit zusammengepreßten Lippen. «Ich liebe dich. Ich könnte vor Liebe zu dir wahnsinnig werden. Und ich will deine Brüste nicht am Tag sehen, hörst du. Im Tageslicht nie, niemals. Du hast sie mir geschenkt. Sie gehören dir nicht mehr. Von jetzt an kümmere ich mich um sie, ist das klar?»

Sie gab ihm zu erkennen, daß sie einverstanden war.

Er lächelte, aber sein Blick war mehr als seltsam. Den Blick tief in ihre Augen versenkt, schaute er sie an, bis ihre Gesichtszüge sich verzerrten und in ihren Augen Tränen glänzten.
«Wo ist er?» sagte er sanft. «Ist er in deiner Tasche?»
«Wer?»
«Dein Büstenhalter . . . .»
Sie lachte leise.
«Aber nein, da ist er nicht ... du müßtest im Geschäft danach fragen . . .»
«Hör auf zu lachen», befahl er, begann dann aber ebenfalls zu lachen. «In welchem Geschäft?»
«Wo ich das Höschen gekauft habe . . .» sagte sie. «Bei *Tendrement Vôtre* in Paris. Es ist ein kleines Modell, das verkauft wurde so wie es ist. Aber du kannst immer noch hingehen und Krach schlagen!»
Da packte beide das Lachen, und sie rollten sich im Sand. Dann, als das Lachen stockte, als ihre Bewegungen langsam und ihre Blicke schwer wurden, rief er: «Los! Wir gehen ins Hotel zurück.»
Und er sprang auf die Beine und überließ sie, so wie sie war, sich selbst.

XVI

Sie erlebten die Stunden, wie Mann und Frau sonst Jahre erleben. Es wurde Mittag, ohne daß sie die Mitternacht bemerkt hätten. Im Fensterrahmen glitten am Horizont des Bettes langsam die Segelschiffe vorbei. Die Kräuselfalten der Bettücher gingen über in die weißen Linien der Gischt. Mit hintenübergefallenem Kinn und aufgelösten Haaren schliefen sie gegen ihren Willen, lagen sie getrennt wie zwei Menschen, die erschossen worden und einfach zu Boden gestürzt waren. Fern von den Eltern, die sie in die Welt gesetzt hatten, machten sie bis zur Ausschweifung von ihrem Körper Gebrauch. Es war noch keine zwei Tage her, daß sie zum ersten Mal miteinander gesprochen hatten. Die Bekanntschaft hatte ihnen nichts gebracht, was nicht jeder bereits gewußt hätte.

Der trostlose Gesang der Rohrleitungen erschütterte die Mauern des alten Hotels. In ihrer Entrücktheit blieben alle unbelebten Dinge wie in der Schwebe, in der von Hausfrauen festgelegten

Ordnung. Es war die Herrschaft der Luft. Die Fliegen der Küste flogen ein und aus, der Tag schimmerte in Staubteilchen.
Auf dem Flur kamen und gingen die Leute. Die einen suchten ihre Zimmer auf, andere verließen sie, während hinter der Zwischenwand die beiden Herzen unter der im langsamen Takt des Schlafs nackten Haut von der linken zur rechten Herzkammer den gleichen Wechsel von Ebbe und Flut vollführten. Regungslos, elegant und wie ausgerenkt lagen die Gliedmaßen, die zu ihnen gehörten, zu beiden Seiten des Lakens. Das Blut zirkulierte im Geflecht der Venen und Gefäße bis in die Fingerbeere. Im Gegenlicht bedeckten sich die Hügel aus zartestem Fleisch mit Perlmuttplättchen. Mit geöffneten Schenkeln und Handflächen neigten sie nach und nach die Stirn. Die Atemzüge griffen wie Frage und Antwort ineinander, und die Finger bewegten sich.

Es war Flut, der Strand übervölkert. Es war die Stunde des Umschwungs, die Stunde, da niemand mehr auf das Versprechen hofft, das verheißungsvoll in der Morgenluft liegt, die Stunde, da die Wellen müde machen.
Am Nachmittag sind die Erwachsenen ruhiger, aber der Strand ist kleiner, das Gelb ist gelber und das Blau dunkelgrün. Das Meer an der Küste ist aggressiv, und die Hunde sind fort nach Hause.

Die Stunde des Abendessens naht. Die Elemente erholen sich vom Tumult der Menschheit. Ein paar Einzelgänger im Pullover kommen an den Sandstrand zurück. Sie grüßen sich im Vorübergehen und werden eins mit dem Abend. So ging dieser Samstag draußen im Freien zu Ende.

Sie nahmen am allgemeinen Ablauf keinen Anteil. Mit jeder Stunde lösten sie sich weiter von den übrigen Menschen, den Gewohnheiten und der stets gleichen Ordnung, die den Umgang mit der Zeit diktiert. Seit ihrer Paarung zu der Stunde, die die Landschaft in ein weißes Licht taucht, die die Kühe und Pferde wieder auf die Beine und die Fischer an Bord ihrer Schiffe bringt, waren sie frei von Begriffen wie Tag und Nacht, von Gefühlen wie Hunger und Durst. Nur der Schlaf hatte sie überrumpelt. Es schlug zwei.
Eine Mischung aus Sand und Tränen verklebte ihre Augenlider. Ganz zerfurcht vom Wind, schlossen sie wieder die Fäuste, wie Neugeborene. Das Leben war ganz einfach und offensichtlich nur von sich selbst beseelt. Es war einfach da, pulsierte in stetigem Pulsschlag unter einem Geflecke von Membranen, das weder durch Liebe noch Hoffnung noch irgendein Gefühl mehr begrenzt war. Aber sie beherrschten diesen Pulsschlag solchen Lebens so wenig wie die Amphibien das Zucken ihres Kropfes, der mit der Zeit grün geworden ist.

XVII

Im Winkel der Zimmerdecke, rundlich und gedrungen, die getünchten Zierleisten in reinem Weiß ... Baiser, hätte man meinen können. Vorhänge aus rotem Samt ... das Bett gegenüber dem Fenster ... Es war ein Zimmer, aber welches ... Bei François ... das Zimmer in Nantes ... Nein, in Nantes konnte man das Meer nicht hören ... Außer ihren noch halb blinden Augen bewegte sich nichts. Ruhig öffneten sie sich, schlossen sich wieder in der Stille, die sie erfüllte, und durch die ganz allmählich, wie beim ersten Aufwachen in einem exotischen Land, die Atmosphäre des neuen Mannes zu ihr drang, dem sie begegnet war. Lucas! Cabourg! Das Konzert! Alles Glück ihres gegenwärtigen Lebens schoß in ihr empor. Sie drehte sich um. Der Platz neben ihr war leer.
«Lucas ... Lucas!»
Sie hörte sich mit Stimme nach ihm rufen, einer Stimme, der die Gewißheit, er würde herbeilaufen und sie mit Küssen bedecken, etwas Klagendes verlieh. Keine Antwort.

«Lucas?»
Sie horchte, dann stand sie auf, ging energisch bis zur Tür des Badezimmers und kehrte wieder um in das Zimmer zurück, wo ihr plötzlich klar wurde, wie fremd und unvertraut ihr das Alleinsein bereits geworden war. Drei Uhr. Der Direktor des Kasinos und seine Frau mußten an der Bar schon auf sie warten. Ihre Mutter, François– beide hatten sie anzurufen vergessen. Es war nicht leicht, in die Wirklichkeit zurückzufinden. Sie stürzte sich auf ihre Kleidung.
Bald darauf lief sie auf den Flur, rannte. Die Türen des Lifts öffneten sich, und da standen sie sich, durch Krebsscheren, Rosen und Farne getrennt, die aus einem großen Karton hervorragten, unverhofft gegenüber.
«Wo willst du hin?»
«Ach, ich muß weg! Ich bin verabredet!» rief sie aus und stieß auf dem Treppenflur ungeduldig mit dem Fuß auf. «Ich hatte es ganz vergessen!»
«Wo mit wem?» rief er und stellte den Karton ab.
«Aber ich habe jetzt keine Zeit. Ich erkläre es dir später», sagte sie und drängte sich in den Lift.
Er blockierte dem Lift, griff nach ihrem Arm.
«Laß mich, Lucas, ich sage dir doch, ich bin schon viel zu spät! Ich komme anschließend gleich wieder her!»
«Wann? Nein!»
Er zog sie nach draußen, schleuderte sie gegen die Wand. Sie hatte sich noch nicht von ihrer

Überraschung erholt, als er sie schon über den Flur zerrte.
«Hör auf! Was ist denn in dich gefahren?» schrie sie. «Au! Hör auf! Du tust mir weh!»
Er drückte sie gegen die Tür und warf sich gegen sie. Sie fühlte, wie sich zwischen ihnen seine freie Hand bewegte. Er holt seinen kleinen Mann heraus, dachte sie blitzschnell, aber es war nur der Schlüssel. Sie fanden sich im Inneren des Zimmers wieder. Auge in Auge. Die Tür war versperrt.

Sie massierte sich das Handgelenk. Er zitterte am ganzen Körper. Er schleuderte den Schlüssel durchs Zimmer und ließ sich auf das Bett fallen.
Wortlos ging sie hin, hob den Schlüssel auf und drehte sich um zum Ausgang.
Lucas stellte sich ihr in den Weg.
«Nein », sagte er mit gequälter Stimme, «das kann ich nicht zulassen.»
«Ich bin es, die nicht zulassen kann, was *du* tust.»
Er steckte die Fäuste in die Taschen und warf den Kopf zurück.
«Du liebst mich nicht», sagte er.
«Schön, sonst noch was?»
«Warum bist du plötzlich so unfreundlich?»
«Ich lege es nicht darauf an, unfreundlich zu sein», sagte sie. «Im Gegenteil, ich möchte daß wir uns verstehen.»
«Aber deine Simme ist hart. Ich weiß nicht, ob du

dir im Klaren darüber bist, wie verletzend dein Tonfall manchmal ist . . .»
«Das ist keine Absicht», antwortete sie und nahm sich zusammen. «Ich spreche einfach so. Und ich sage dir noch einmal, daß ich erwartet werde.»
«Du wirst erwartet, na und? Was ist daran wichtig? Nichts verpflichtet dich . . .»
«Hör zu», sagte sie, «wenn du willst, entscheiden wir in Zukunft gemeinsam über meine Verabredungen. Aber dieser Termin ist abgemacht, und ich muß hin. Laß mich durch.»
Traurigkeit spiegelte sich in seinem Gesicht.
«Es dürfte nicht sein, daß du diese Verabredung noch brauchst», sagte er, «ganz egal, um was es dabei geht. Auch keine anderen mehr . . . Ich bin erstaunt, daß du noch Lust hast hinzurennen.»
«Mich überrascht es», rief sie, «daß du dir herausnimmst, über mich zu bestimmen – und das, obwohl wir uns erst achtundvierzig Stunden kennen! Es geht um meine Arbeit!» fügte sie hinzu und stampfte mit dem Fuß auf. «Und ich . . .»
«Davon wollte ich gerade sprechen, von deiner Arbeit nämlich. Warum willst du überhaupt noch arbeiten?»
Seine Ruhe und Selbstsicherheit brachten sie völlig aus der Fassung.
«Würdest du bitte wiederholen, was du da gesagt hast?»
«Ich will nur sagen, daß es traurig ist, dich mit dermaßen nichtssagenden Leuten verkehren zu

sehen. Und ich glaube, daß jeder, der dich auch nur ein ganz klein wenig liebt, einfach leiden muß, wenn er sieht, wie du dich auf der Bühne produzierst. Du bist unendlich viel mehr wert!»

«Langsam! Langsam! Das geht mir ein bißchen zu schnell», sagte sie näherkommend; die Augen traten ihr fast aus dem Kopf. «Was weißt du schon von diesen Leuten?»

«Aber ich kenne diese Art Leute!» rief er . «Ich kenne sie wie meine Westentasche! Meine ganze Kindheit hindurch habe ich sie beobachtet! Und ich sehe dich! Und ich sehe, wie sie dich anglotzen! Und ich begreife nicht, daß deine Mutter und sogar François, der vorgibt dich zu lieben . . .»

«Laß François aus dem Spiel, wenn ich bitten darf.»

«Dann sagen wir, deine Mutter . . .»

«Das gilt auch für meine Mutter.»

«Na schön. Ich stelle fest, daß es einfach nicht möglich ist, mit dir zu reden.»

«Doch, doch! Sprich weiter! Ganz im Gegenteil», erwiderte sie. Diese Aussprache war dringend notwendig.

Er schritt im Zimmer auf und ab. Ihr wurde ganz schwindelig davon.

«Du unterbrichst mich aber doch dauernd», sagte er.

«Weil du mich und mein Leben angreifst!» schrie sie unvermittelt und faßte sich mit beiden Händen

an den Kopf. «Es ist mein Leben! Es ist mein Leben!! Mein Leben!!!»
Und zweifellos hätte sie bis zum schließlichen Zusammenbruch auf den Füßen weiterhin wie wild auf dem Bodem gestampft, wenn er nicht zu ihr gelaufen wäre und sie festgehalten hätte.
«Es ist doch mein Leben . . .» schluchzte sie mit heiserer Stimme an seiner Schulter. «Es ist mein Leben. Schon als Kind wollte ich Sängerin werden . . .»
Er führte sie ans Bett, half ihr, sich hinzusetzen und hockte sich ihr zu Füßen. Der Wecker zeigte halb vier. Sie hustete, warf das Haar zurück wandte ihren Blick von ihm ab, und er drückte ihre Hand und wartete geduldig, daß sie ihm wieder in die Augen sah.
«Ich tu doch das alles nur, weil ich dich so verehre,» murmelte er. «Ich verehre und schätze dich über alles . . .»
Ein letzter Seufzer befreite sie vollends, und alle Offenbarungen ihrer Seele schwanden. Beim Aufblicken sah sie das Gesicht von Lucas wieder, der ihr schmerzlich zulächelte.
«Willst du telefonieren?»
«Ja», sagte sie.
«War es wichtig? Um wen handelt es sich?»
«Um den Direktor des Kasinos.»
«Und wo wart ihr verabredet?»
«Hier im Hotel, in der Bar.»
«Doch» sagte er, «es wäre wohl besser, ihm

Bescheid zu geben ... Du bist jetzt nicht mehr in der richtigen Verfassung ...»

«Nein, ich bin nicht mehr in der Verfassung.»

Er holte den Apparat und stellte ihn auf ihre Knie. Sie nahm den Hörer ab.

«Weißt du, was du ihm sagen willst?

«Nein ... eigentlich nicht», stammelte sie und hängte ein.

«Ich kann für dich anrufen, wenn dir das lieber ist ...»

«Nein ... nein, es ist besser, wenn ich selbst anrufe.»

«Du hast recht. Also, du brauchst ja nur zu sagen: ‹Es tut mir aufrichtig leid, Monsieur, daß ich sie habe warten laßen, das müßen Sie mir glauben. Ein Zwischenfall in letzter Minute, deshalb kann ich nicht kommen. Ich hoffe, Sie sind mir nicht böse wegen dieser Unannehmlichkeit. Ich will gern sobald wie möglich erneut Kontakt mit ihnen aufnehmen ...› Das wär's. Kannst du das behalten? Soll ich es dir aufschreiben?»

«Nein, es wird schon gehen», sagte sie. «Aber ...»

«Was ist ? Sag es mir ...»

«Würde es dir etwas ausmachen, im Badezimmer zu warten? ... Ich schaffe es nicht, wenn du mir zuhörst.»

«Aber selbstverständlich!» sagte er und stand auf. «Ich gehe sofort. Laß dir Zeit.»

Einen Augenblick später steckte er den Kopf durch den Türspalt.
«Darf ich wiederkommen?»
Sie hatte sich auf dem Bett ausgestreckt und blickte zur Decke hoch. Er kam näher, stellte das Telefon weg und legte sich neben sie.
«Vielleicht solltest du auch François anrufen?»
«Ich habe es schon getan», sagte sie.
«Aha. Und was hat er gesagt?»
«Nichts.»

XVIII

Sie erhob sich. Ihr war als gehöre ihr Körper gar nicht zu ihr. Sie beugte sich über Lucas. Ihre Stimme sagte ihm, ich muß jetzt gehen, vielleicht sehe ich dich heute abend. Nein, sie sagte ihm ganz ungezwungen und natürlich, ich singe heute abend wieder. Um neun Uhr. Ich würde mich freuen, wnn du dir meine Vorstellung ansehen würdest ... Ihr Körper trat einen Schritt zurück, durchquerte das Zimmer, schritt über die Türschwelle, entfernte sich über den Flur und lief und lief, lief die Straßen entlang, und endlich faßte ihre Hand den Türknopf des Portals, und ihr pochte das Herz, als sie Ursus bellen hörte, und ihre Beine eilten in großen Sprüngen die Treppe hoch, und ihre Stimme rief: Mama! François! Seid ihr da? Und ihre Ohren hörten die liebe Stimme der Mutter, die antwortete: Ah, da ist Blanche ja endlich! Hast du gefrühstückt, Blanche? Wir sind im kleinen Salon! Es hat Anrufe für dich gegeben! Möchtest du Tee, möchtest du zwei Eier, oh ja, zwei Eier und ein Bad und saubere Kleider, und was gibt es Neues, und Reden und Lachen, und wir haben ein paar Stiche an deiner Bluse genäht, Blanche, und: Oh! Mama, ich liebe ihn! Ich liebe ihn! Wir haben die Nacht zusammen verbracht! Mama! Du bist meine Mama, nimm mich in die Arme, ich bin nicht gewaschen, ich habe nicht gefrühstückt, ich habe nicht geschlafen, ich habe mich übergeben, ich habe den ganzen Morgen geweint, ich habe den Überblick verloren, ich weiß nicht mehr, was ich machen soll, in fünf Stunden beginnt das Konzert, ich habe mich nicht mit dem Direktor getroffen, ich habe mir selbst gegenüber versagt, ich habe gegenüber François versagt, der sich so gefreut hat, uns zu empfangen, ich hatte versprochen, ihm heute morgen beim Pflücken der Kirschen der obersten Äste des Kirschbaums zu helfen, ich hatte versprochen, ihn zu Madame Berreby zu begleiten, und wie geht es ihrem Sohn, der so krank war, und wie weit sind die Dahlien, die ich Ostern gepflanzt habe, haben Brice und Maryvonne gut geschlafen im hinteren Zimmer, wie geht es euch allen, seit ich euch verlassen habe mitten in der Nacht, ach das scheint schon lang her zu sein! Ich war so jung und oberflächlich! Ich wollte singen! Ich wollte allen gefallen und euch überraschen! Ich war noch ganz und gar «Die Kleine», sie war mein ein und alles! Käme sie doch nur zurück, meine einzige Lebenskraft! Käme er doch zurück, der Zauber deiner

Worte abends beim Schlafengehen, an meinem Bettrand . . .» Sie ist dir angeboren. Sie ist ganz tief in dir verwurzelt. Ihretwegen mußt du leiden. Sie ist es, die dich zur Träumerin macht. Sie ist es, die dich zur Sängerin machen wird. Du wirst sie pflegen müssen. Du wirst sie hüten müssen. Sie ist empfindlich. Sie ist leicht zu töten. Man wird sie dir nehmen wollen. Du darfst sie niemals hergeben. Du kannst deine Zeit schenken. Du kannst deinen Körper geben. Du kannst deine Liebe geben. Die Kleine darfst du niemals hergeben» . . . Mama, er hat an «die Kleine» gerührt! Ich kann sie nicht mehr hören! Ich kann sie nicht mehr fühlen. Und mit ihrer kleinen Stimme ist mein Zorn verstummt . . . Er hat dich angespuckt, er hat mich angespuckt, ich wußte ihm nichts zu erwidern, ich bin glücklich und dem Tode nahe. Mich verlangt nach ihm, nur nach ihm, es ist dieselbe herrliche Erschöpfung, dieselbe Erfüllung, es ist nicht derselbe Ruhm, aber es ist besser als Singen! Er hat recht . . . Warum aufstehen, wenn wir uns in einigen Stunden doch wieder hinlegen müssen. Warum sich ständig anziehen und umherlaufen? Warum von Stadt zu Stadt irren und abends allein in ein altes Kopfkissen weinen? Warum das Vorsingen und die Demütigungen suchen? Warum meine Sonntage und meine Nächte mit dem Schreiben der Partituren zubringen, mit einem Glück, das ich von A bis Z künstlich erfinden muß, während andere es leben?

Warum sollen der Himmel, die Jahreszeiten, die Sterne, die Menschen, die Flüsse und die Vögel nur dazu da sein, in meine blöden Lieder einzugehen, die ihn nicht auf seinem Sessel festzuhalten vermochten? Warum muß noch das geringste meiner Gefühle zum Allgemeingut erklärt werden, warum soll ich mein Leben Leuten opfern, die ich nicht kenne, warum? Warum gehöre ich nicht mir selbst? Wegen der «Kleinen»! Sie ist es, die mich hindert, eine normale Frau zu sein. Sie ist es, die schon dazu führte, daß ich François verließ. Sie ist der Grund dafür, daß ich alle verlasse außer dich und meine Einsamkeit. Sie ist es auch, die sich zwischen ihn und mich stellt. Sie hat unseren Streit verursacht. Immer taucht sie auf, wenn ich verliebt bin. Ich verfluche «die Kleine», sie wird mich nicht dazu bringen, diesen einen auch noch zu verlassen! Es ist Sommer! Ich pfeife auf die Berühmtheit! Ich pfeife auf Kasinodirektoren! Ich will seine Frau sein! Ich habe bis heute nur gesungen, um ihm zu begegnen! Was ich durchgemacht habe, habe ich durchgemacht, um eines Tages so geliebt zu werden, wie er mich liebt! Er ist wunderbar, er ist streng, er versteht mich jenseits von Worten, wie wir liebt er Schönheit und Reinheit, er ist absolut, er . . .
«Du fühlst dich nicht wohl» sagte er, «ich kann es spüren.»
«Doch, ganz im Gegenteil, mir geht es ausgezeichnet, nur . . . Habe ich dich nicht vorhin mit einem fetten Krebs gesehen?»

«Mit zwei fetten Krebsen, meinst du wohl! Aber ja! Aber wo sind sie? Oh, sie sind auf dem Korridor zurückgeblieben! Na warte, wenn ich die erwische!»
Er sprang vom Bett. Sie lachte schallend.
«Weil . . . Dich verläßt man nicht einfach so!» brachte sie hervor, als sie ihn laufen sah.
«Aber nein! . . . Ganz bestimmt nicht, mich hat noch nie jemand einfach so verlassen! Diese Schurken!»
Und in seiner Eile stieß er gegen die abgeschlossene Tür.
«Oje!»
Er drehte sich um.
Sie schwenkte den Schlüssel zwischen zwei Fingern.
«Oje, oje!»
Mit gesenktem Kopf kam er zum Bett zurück. Sie zog die Augenbrauen hoch.
«Aber wer sind eigentlich diese zwei Krebse genau? Um wieviel Uhr waren Sie verabredet? Ich muß mich wundern, nach dem, was sich zwischen uns abgespielt hat . . .»
Er fiel über sie her.
«Nein, nein!»
Und während sie sich lachend wehrte, nahm er sich ihre Finger einen nach dem anderen vor und arbeitete sich an den Schlüssel heran. Sie rollte sich auf die Seite.

«Was sagt man? Was sagt man zuerst?» keuchte sie kurz vor der Niederlage.
«Man sagt Verzeihung ... Entschuldigung ... Meine Liebe ... Mein Königreich für ...»
«Das reicht, ab mit dir!» rief sie.
Und bis weit in den Flur konnte er noch ihr glückliches Lachen hören.

XIX

Sie brachte das Bett ein bißchen in Ordnung. Er kehrte mit dem großen Karton ins Zimmer zurück. Sie bestellten Weißwein, einen Salat, Toast und zwei Erdbeertörtchen. Blanche stellte die Rosen in eine Vase. Lucas zog Zeitungen und Schokolade aus dem Karton und schließlich ein Kleidchen aus Seidenkrepp, so leicht und zart, daß es in einer Hand Platz hatte. Er ließ es auf die Rückenlehne des Sessels gleiten.

«Da», sagte er einfach.

«Aber wo kommt das her? Was ist das?»

«Damit du dich umziehen kannst, wenn du Lust hast . . .»

«Hu! Es sieht wunderschön aus! Aber das wäre doch nicht nötig gewesen, Lucas», sagte sie bekümmert, während sie das Kleid hochhielt, «daheim habe ich alles, was ich brauche!» Sie spürte, wie er hinter ihrem Rücken ins Badezimmer flüchtete. Kurz darauf ertönte das Summen des Rasierapparates. Es klopfte an der Tür. Sie versteckte die Krebse und ließ einen ausdrucksl-

sen jungen Mann eintreten, den sie bis zu dem niedrigen Tisch begleitete.
«Arbeiten Sie in der Bar?» flüsterte sie ihm plötzlich zu. «Kennen Sie Pierrot Colin, den Beleuchtungstechniker vom Kasino?»
«Ja. Er ist unten. Ich habe ihn eben noch gesehen.»
Sie machte ein Zeichen, er solle leiser sprechen.
«Hören Sie, ich hätte ihn um vier Uhr treffen sollen, aber ich habe ihn versetzt. Würde es Ihnen etwas ausmachen, ihm von Blanche zu bestellen, daß sie ihn heute um sechs direkt in Saal erwartet . . . Blanche, sechs Uhr . . . Könnten Sie das machen?»
«In Ordnung, ich richte es ihm aus», murmelte er.
Sie bedankte sich mit einem Blick, setzte ihre Unterschrift auf den Zettel, den er ihr reichte, und der junge Mann zog sich zurück.
«Kommst du?» rief sie.
Sie deckte den Tisch, legte die Krebse auf die Teller, stellte das Tablett zur Seite, rückte die Sessel heran. Und da sie immer noch das Surren des Rasierapparates hörte, kam sie auf die Idee, eine Rose zu köpfen und sie zwischen die Scheren vom Krebs auf Lucas Teller zu stecken. Dann ließ sie sich auf das Polster fallen.
Es mußte bald fünf sein. Ein goldenes Licht ließ das Rot der Krebspanzer und das Kristall am Rand des Eiskübels aufleuchten. Lachmöwen segelten in Höhe des Fensters am Himmel dahin.
Lucas trat mit düsterem Gesicht ins Zimmer.
«Was ist denn los?» rief sie aus.

Er setzte sich wortlos hin und begann, Wein einzuschenken. Doch seine Augen inspizierten verstohlen alles ringsherum und blieben an der geköpften Rose hängen. «Warum zerstörst du meine Blumen?»
Sie brachte keinen Ton hervor.
«Ich habe dich etwas gefragt. Hörst du mir nicht zu?»
«Es muß etwas anderes sein, Lucas, es kann doch nicht daran liegen? Es ist doch nicht möglich, daß du mir wegen dieser Rose eine Szene machst . . .»
«Ich verstehe nicht, wie du die Blumen kapputmachen kannst.»
«Daß diese Blumen dir gehören, während ich dummerweise angenommen habe, sie seien für mich», sagte sie und richtete sich auf, «das ist eine Sache. Und ich entschuldige mich dafür tausendmal bei dir. Aber daß du versuchst, mir unter einem so lächerlichen Vorwand die ausgezeichnete Mahlzeit zu verderben, das werde ich nicht hinnehmen.»
Und sie bemächtigte sich der Rose und warf sie aus dem Fenster.
«So. Guten Appetit», fügte sie trocken hinzu. Und griff zur Gabel.

Schweigen hatte sich zwischen ihnen ausgebreitet. Sie gaben keinen Ton mehr von sich, da waren nur noch das Krachen des Nußknackers und ihr

Saugen an den Krebsscheren zu hören. Lucas füllte nach. Die Kräfte kehrten zurück und damit fanden sie ein neues Vertrauen. Sie saßen sich gegenüber, einer dachte an den anderen, und sie schämten sich ihrer Sinne nicht. Sie wußten: sie waren zusammen, das war die Grundlage und sie konnten genausogut denken, wie wenn sie getrennt gewesen wären, und erschraken nicht, daß von nun an das Zusammensein die Bedingung für das Wiederfinden des Friedens war, den sie gekannt hatten, als sie sich nicht kannten. Und beim letzten Krümel dieses Essens erhob sich Lucas, um den Tabak für sich zu holen und für Blanche die Zigaretten, ein feuchtes Tuch für ihre Hände und die Flamme eines Feuerzeuges, und er kam zu ihr zurück und sah aus wie ein glücklicher Mann.

«Also», sagte sie tief bewegt, «was war das für eine dunkle Wolke vorhin?»

Er kam und ließ sich zu Füssen des Sessels nieder. Sie legte ihm eine Hand auf den Kopf, während er die Pfeife stopfte.

«Nichts. Es war gar nichts», sagte er. «Denk nicht mehr daran.»

«Aber jetzt kannst du es mir doch sagen.»

«Es war nichts Ernstes, sage ich dir . . .»

«Bitte . . . Ich muß es wissen.»

«Nein, nichts. Nur ein Wort, das du gebraucht hast, ohne darauf zu achten.»

«Wann?»

«Vorhin.»
«Weil ich gesagt habe: ‹Dich verläßt man nicht einfach so›?»
«Nein, später . . . Als du von Kleid sprachst.»
Sie zog an ihrer Zigarette und dachte nach.
«Habe ich mich nicht bedankt?»
«Nein, nein, das war es nicht.»
«Sag es mir, Lucas, das macht es einfacher. Ich sehe wirklich nicht . . . Was habe ich denn nur gesagt?»
«Du hast gesagt: Daheim.»

XX

Ihre Hand, die sich über Lucas' Schädel formte, nahm die angeborenen Unebenheiten wahr, fing die Milde und das Brodeln unter seiner Haut ein, bedeckte ihn mit ihrer Trägheit. Ihre Hand auf diesem Kopf zeugte von der Ergebenheit ihrer Gefühle. Gleichzeitig gefiel es ihr, die Hand von oben zu betrachten. Zeigefinger und Ringfinger leicht aufgerichtet, die anderen Finger gelöst: das war nicht die Hand einer Pianistin, das war die Hand einer Verliebten; als sie die Hand aufs neue inmitten der schwarzen Haare ansah, fand sie, daß sie wie ein lebloser Gegenstand aussah. Sie zog sie zurück.

«Siehst du» sagte er, «ich wußte, daß du es mir übelnehmen würdest.»

«Oh Lucas! Ich muß doch wenigstens über meine Handbewegungen frei bestimmen dürfen . . .»

Er stand auf und ging mit großen Schritten schweigend im Zimmer auf und ab.

«Was ist diesmal los? Was habe ich gesagt?»

«Nichts. Du machst einfach weiter wie vorher,

das ist alles», erwiderte er mit dumpfer Stimme. «Wahrscheinlich ist es nicht einmal deine Schuld. Man merkt einfach, daß du niemals geliebt hast.»
«Ich weiß nicht, woher du das Recht nimmst, so etwas zu sagen . . .»
«Aber all diese Ausdrücke, die dir ganz selbstverständlich über die Lippen kommen ‹daheim›, ‹frei bestimmen . . .›. Noch fünf Minuten, und du wirst mir wieder erklären ‹ich muß telephonieren› oder ‹ich bin verabredet› . . .»
«Genau», sagte sie.
«Bitte?»
«Also, Lucas . . . Ja, ich bin verabredet! Ich kann es nicht ändern . . . Ich bin hergekommen, um zu arbeiten, man könnte meinen, daß du das absichtlich vergißt . . .»
«Und ich, arbeite ich etwa?» brüllte er. «Tue ich dir diese Beleidigung an? Aber ich kann auch arbeiten, wenn ich will! Ich habe auch zu tun. Ich auch!»
Er stürzte zu seinen Manuskripten.
«Da! Schau her!»
Er warf die Seiten bündelweise in die Luft, so daß sie in einem Blätterregen um ihn herum niedergingen.
«*. . . Die Sprache als Krankheit! . . . Die lautstarke Äusserung zur Bewältigung des Schreckens! . . . Neuer Entwurf für eine Übertragung des Urlautes! Ja, des Urlauts! . . .* Da! Da! Ich habe genug zu tun! . . . Und *Letzte Erinnerungen an das Frucht-*

wasser!... Zu einer zweiten Erklärung des Schweigens von Gott!... Da! Sieh her! Achtes Kapitel! *Förderung und Fortbestand der Flüche!...* Denkst du, das ist keine Arbeit?»

«Hör auf, Lucas! Hör auf! Hör auf!»

Sie rannte umher, hob die Blätter auf, hielt ihn an einem Arm fest. Er machte mit dem anderen weiter.

«... Und das? *‹Mama›, erstes und letztes der intelligiblen Worte!* Das ganze Zeug!... *Studie für eine Rückkehr der Erwachsenen zum Stammeln!... Das Wort, offene Wunde der Stille!...* Siehst du? Das kann doch so schwierig nicht sein! Und *Über den Optimismus von Leibniz!* Das ist doch wohl Arbeit, oder? ... Und langweile ich dich etwa mit all dem?»

Er fegte den Rest mit dem Handrücken vom Tisch und ließ sich auf den Stuhl fallen. Sie warf sich über ihn.

«Aber ich interessiere mich für deine Arbeit!» murmelte sie.« Sehr sogar! Sehr! Wir hatten so wenig Zeit! Ich habe mich bis jetzt nicht getraut, dich zu bitten, daß du mir etwas darüber erzählst. Ich hatte unrecht. Ich habe abgewartet, bis du Lust dazu hättest! Ich habe abgewartet, bis es sich von selbst ergäbe ...»

«Geh ! Geh doch zu deiner Verabredung.»

Er verbarg das Gesicht hinter seinem Arm, so wie er es um zwei Uhr in der Nacht getan hatte, als sie ihn in seinem Wahnsinn überrascht hatte.

Sie küßte ihn auf eine Wange.
«Ich bleibe nicht lange», flüsterte sie, und da sie wie selbstverständlich zu einer ihrer Atemübungen gegen das Lampenfieber zurückfand, fügte sie mit fester Stimme hinzu: «Ich treffe mich wegen des Konzerts heute abend mit dem Beleuchtungstechniker des Kasinos. Aber ich komme um sieben Uhr noch einmal vorbei. Ich fände es schön, wenn du dir meinen Auftritt ansehen würdest. Ich werde besser singen als gestern abend, wenn ich weiß, daß du im Saal bist. Ich werde für dich singen . . . Wir werden zusammen hingehen und zusammen hierher zurückkehren. Ist dir das recht? Und dann reden wir . . . Und dann nehmen wir uns Zeit, uns kennenzulernen . . .»
Er antwortete nicht.
Sie drückte ihm einen letzten Kuß auf die Wange, richtete sich langsam auf, entfernte sich rückwärts, griff nach ihrer Tasche und floh.

Na bitte! Immer müssen sie es mit den Türen haben, alle . . . Verflucht! Sachte, Mensch! Immer müssen sie die Türen zuknallen, an ihnen herumhantieren, immer dahinter verschwinden mit gerunzelter Stirn und geschäftigem Aussehen, sei es, um wegzugehen, sei es, um sich zu waschen, sei es, um Essen zu kochen. Oder unter dem Vorwand, das Zimmer sei verqualmt, unter dem Vorwand, die Fenster seien beschlagen, machen sich ihre Hände überall unentwegt an Türen zu schaffen, zerren. schieben. Die Frauen wie die Türen können einfach nicht anders, als sich den ganzen Tag über unentwegt gegenseitig in Schwung zu halten. Wenn die Türen offen stehen, wollen sie sie geschlossen haben. Aber wenn sie geschlossen sind, ah!, wenn sie geschlossen sind, dann wollen sie sie aufmachen! Und wenn die Türen dann quietschen, als wollten sie sich beschweren, rufen sie: René! kümmere dich um Himmels willen um diese quietschende Tür, ich kann es nicht ertragen! Lucas, ich hab dich schon hundertmal gebeten, diese Tür, die so schlägt ... Ich höre sie nachts hinten im Garten ächzen! Aber wenn die Türen schweigen, kann man sie betrübt feststellen hören, ich habe dich heut nacht nicht heimkommen hören ... Schluß damit! Die Türen würden geölt, befestigt, glattgehobelt, die Zugluft würde durch Wolldecken gestoppt, die Küche belüftet und modernisiert, die Firma Antoine und Sohn GmbH würde sich um die Veranda kümmern, man würde die Fenster öffnen, die Federbetten in die Sonne tragen. War das Gras erst einmal gemäht, die Brennesseln herausgerissen, die Johannisbeersträucher vom Unkraut befreit, würden in kurzer Zeit die Rosenstöcke, die Glyzinien und die Löwenmäulchen wieder zum Leben erwachen ... Und für den Wald müßte man mit Puicesseau reden, seine Nummer müßte noch auf dem Zettel hinter der Küchentür stehen. Sie würde nicht lange brauchen, um zu lernen, wer wer ist, das Kreuz über den Verstorbenen zu schlagen, neue Arbeitskräfte im Büro der Käserei zu finden, Regenwasser von Quellwasser zu unterscheiden, die Mausefallen aufzustellen, an der Wetterfahne abzulesen, wenn die dicken Wolken aus den Bergen kommen. Frauen wissen solche Dinge instinktiv, wenn sie ein Haus betreten ... Sie würde ihr eigenes Bad und ein eigenes Zimmer haben, um sich ungebunden zu fühlen, um ihre Briefe zu schreiben oder ihre Nägel zu maniküren, vielleicht das Eckzimmer, dort steht das beste Bett, aber an manchen Tagen trägt der Wind das Gezeter von Madame Viviens Gänsen an diese Seite des Hauses ... Es war allerdings nicht gesagt, daß Madame Vivien überhaupt noch Gänse hatte ... Sie könnte ihre Mutter empfangen und sogar François, wenn sie wollte, das Damespiel und das Tricktrack wieder in Betrieb nehmen und aus dem Keller die über dreißig Jahre alten großen Weine holen und aus den Schränken die Kleider und Schuhe, die ihr gefielen; der Nähkasten mit dem Bonbongeruch, die Deckchen, die Silberbecher, die Spazierstöcke und die Sonnenhüte in dem großen Krug am Eingang – all die vergessenen Schätze kämen mit der Rückkehr des Lebens wieder zum Vorschein. Man würde den Buick aus der Garage holen und Emilie in ihrem Dorf aufsuchen, wenn sie nicht verheiratet war, na ja, und wenn sie verheiratet sein sollte, man würde sie mit ihrem Mann wieder ins Haus nehmen, die beiden würden sich schnell anfreunden. Emilie sähe sich selbst als das junge Mädchen wieder, das damals seine Stellung angetreten hatte, und könnte ihr zeigen, wo das Bettzeug eingeräumt wurde, in welchem Salon man den Kaffee servierte, an welchen Tagen der Lebensmittelhändler und der Fischhändler vorbeikamen, daß der Cidre und der Champagner direkt ins Anrichtezimmer geliefert werden, daß man dem Lieferanten ein Glas anbietet, sobald er die Kisten hereingetragen hat, aber verhindern muß, daß er sich setzt, Emilie nähme mit dem Klingeln des Küchenweckers ihre Bügelarbeit wieder auf, und solange das erste Kind noch nicht auf den Beinen war, könnte sie ihre Birnen auf Reis anrichten, ohne ständig zu sagen «bleib mir von den Füßen» . . . Dann wäre es vielleicht endlich möglich, für all jene Leute einen Empfang zu geben, die sich die Mühe gemacht hatten, den Leichenwagen bis auf die Landstraße zu begleiten. Die Alten, die zu Fuß gegangen waren und ihr Fahrrad am Lenker geschoben hatten, um in der Feuchtigkeit des Abends und dem Geruch von rauchendem Holz die Steigung am Wald zu nehmen, dürften wohl nicht mehr am Leben sein, aber die Kinder von Madame Chambellan waren sicherlich noch am Leben, um sie zu unterhalten, mit denen wäre bestimmt leicht wieder ein Kontakt anzuknüpfen, sie hatten immer daran gedacht, die Karten mit ihrer Heiratsanzeige und den Geburten ihrer Kinder nach Paris zu schikken ... Und zweifellos waren auch die kleinen Martineaus noch am Leben, die ihr ihre Schmetterlingssammlung zeigen könnten ... Und falls ihr danach sein sollte, wäre es leicht, nach La Bourboule ins Mont-Dore-Massiv zu fahren, sie zu dem einen oder anderen dieser überlaufenen Kurorte zu begleiten, an Kasinos fehlte es da auch nicht, und die Direktoren würden es sich – in Erinnerung an die Familie und an all das Geld, das die Boyenvals bei ihnen verjubelt hatten – zur Ehre anrechnen, an einem Samstagabend oder wann sie wollte, für einen Auftritt die Bühne freizugeben ...

Er erhob sich, wanderte im Zimmer umher, blieb vor dem Fenster stehen und trat wieder zurück, ohne es zu wollen. Wäre ihm nicht bewußt gewesen, daß er hier im Zimmer stand und hätte ihn nicht jede Bewegung wieder daran erinnert, daß er allein war, ihm hätte nichts gefehlt. Sie hatte gesagt, sie käme wieder. Aber was sie eigentlich erledigen wollte und was sie im einzelnen über den heutigen Abend gesagt hatte, den sie zusammen verbringen wollten, das wußte er nicht mehr. Es genügte, noch ein wenig auf sie zu warten ... Sie würde es ihm bei ihrem Eintritt schon noch einmal sagen. Er begann, seine Sachen einzuräumen. Dann gab er beim Empfang Bescheid, man möge seine Rechnug fertigmachen. Es war noch hell genug, um die Fahrt anzutreten, sie würden noch vor Mitternacht in der Auvergne ankommen. Er nahm sein Reisenecessaire, und während er sich weiter zu erinnern versuchte, wen sie hatte treffen wollen und warum, sie hatte es ihm doch gesagt, ging er ins Badezimmer.

Der unerhörte Inhalt ihrer Mitteilung traf ihn eine Dreiviertelstunde später, als sie ihm endlich wieder vollständig zu Bewußtsein kam, wie ein Schlag in den Rücken.

XXI

Es gab Grün, es gab Rosa, es gab Ultramarinblau und dunkles Grau, es gab goldene Speerspitzen wie in Baumwolle gespießt, es gab Schwärme von Putten, so daß man gar nicht mehr wußte, wo einem der Kopf stand, an diesem Abendhimmel herrschte die ganze Pracht von Farben und Formen wie am Fronleichnamsfest in den Klostergärten. Das war genau der Himmel, um fromm zu werden ... Sie lief mit erhobenem Kopf, lachend, versöhnt mit sich selber. In ihrer Tasche trug sie Zahnbürste und ein T-Shirt für die Nacht. Sie lief, wie vom Glück verfolgt, um noch vor sieben Uhr einzutreten.

Von dem überschäumenden Leben getrieben, das sie erfüllte, kämpfte sie sich durch die Flut von Männern und Frauen hindurch, die heimwärts strebten. Alle Ereignisse traten gleichzeitig in ihr Blickfeld, das Aufblitzen eines Fahrrades, die ganze Müdigkeit eines Gesichts, eine Lutschstange, die in den Staub gefallen war, der Sturz eines Babys, die Akrobatik der Mauersegler, die

Kopflosigkeit der Mücken – mit Windeseile nahm sie an allem Anteil, die Unschuld ihrer Mitmenschen rührte sie fast zu Tränen, die so liebenswürdig ihre kleinen persönlichen Dinge heimtrugen, untröstliche Kinder zu Bett bringen wollten, während sie lief, ihrem Schicksal entgegenlief ... Noch ein wenig mehr, und ein Leben würde nicht ausreichen, ihm alles zu erzählen, was sie an diesem Abend im Freien gesehen hatte; was ging da an diesem Abend nur vor zwischen Himmel und Erde, daß alles so schön war und sang, bis sie selbst zu singen begann, öffentlich und vor dem Mann, den sie liebte. War es das heilige Spiel des Lebens?

Trunken von Luft und Licht erreichte sie die Stufen des Grand Hotel, fuhr hoch in die vierte Etage und ging ruhig über den Flur zum Zimmer 420.

Es war wie im verrücktesten Traum: Der Schlüssel in der Tür.

Aber hinter der Tür war nur Nacht.

Stille und eine erstickende Hitze überfielen sie gleich beim ersten Schritt. Türen und Fenster waren geschlossen, die Rollos heruntergelassen, die Vorhänge zugezogen. Noch blind von der untergehenden Sonne, tastete sie sich vorwärts. Das Dunkel, das nur vom Wimmeln kleiner goldener, tanzender Flecke in ihren weit aufgerissenen Augen belebt war, ließ keinerlei Orientierung zu. Vom Bett drang ein kräftiger animalischer Geruch herüber. Die unbestimmte Gegenwart eines anderen Menschen beherrschte die Atmosphäre in der Finsternis und verlieh dem Ort etwas Unermeßliches. Sie murmelte.

«Schläfst du?»

Sie verharrte an Ort und Stelle.

Nach und nach wurde im Weiß eines Kissens ein Büschel dunkler Haare sichtbar.

«Lucas . . . Ich bin wieder da . . .»

Die Decken bewegten sich. Die Bettücher blähten sich auf und fielen in sich zusammen. Sie sah zwei Augen glänzen.

«Geht es dir nicht gut?» flüsterte sie.

Sie trat näher, setzte sich auf den Bettrand.

«Lucas, antworte mir, ich erkenne dich nicht wieder . . . Du machst mir Angst . . . Bist du krank?»

«Ja . . . Nein . . .» erwiderte er mit fast unhörbarer Stimme, «ich weiß nicht, was ich habe . . .»

«Aber wie fühlst du dich? Tut dir irgend etwas weh?»

Er stieß einen langen Seufzer aus. Sie wagte es nicht, ihn zu drängen.

«Ich höre Geräusche . . .»

«Was für Geräusche?»

«Ich weiß es nicht . . . Wie fließendes Wasser . . .»

«Ich kann nichts hören», sagte sie. «Aber ich kann im Bad nachsehen gehen, wenn du willst. Vielleicht ist ein Hahn nicht zugedreht . . .»

Sie stand auf.
«Da war ich schon ... Mehrmals ... Da fließt nichts ...»
Sie setzte sich wieder hin.
«Kannst du nicht normal sprechen?» sagte sie.
«Ich versuche es ja ... Ich kann es nicht erzwingen ...»
Sie zog das Bettuch zur Seite, sah, daß er vollständig angezogen war. Er deckte sich hastig wieder zu.
«Weißt du, daß es draußen noch sehr schön ist?»
«Wie spät ...»
«Nach sieben. Wahrscheinlich sogar bereits halb acht ...Darf ich das Licht anmachen? Ich möchte auf den Wecker sehen.»
«Nein .. Nein, mir ist kalt ... Mir ist kalt .. Komm zu mir ins Bett.»
Sie ließ ihre Hand sinken.
«Eins ist mir klar», sagte sie niedergeschlagen. «Du kommst ganz sicher nicht mit mir zur Vorstellung ...»
«So komm doch!» stöhnte er. «Ich muß mich erst einmal aufwärmen können ...»
«Und ich müßte mein Kleid ausziehen, es wieder anziehen, mich neu frisieren ... Nein, Lucas, ich habe keine Zeit! Ich bin gekommen, um dich abzuholen! Ich dachte, du wärest fertig! Es ist wirklich nicht sehr schön, was du da tust ... In einer Stunde muß ich auftreten! Das sind nicht gerade die besten Bedingungen, um sich zu konzentrieren ...»
«Aber ich sage dir, mir ist kalt ... Komm ...»

Und sie hörte einen Laut wie das Weinen einer Maus.
«Oh Lucas, Lieber, du weinst doch nicht etwa?»
Sie warf sich über ihn. Echte Tränen netzten seine Wangen.
«Aber warum weinst du denn? Es geht dir also wirklich nicht gut. Was ist los? Was ist mit meinem Liebsten passiert?»
«Nur für einen winzigen Augenblick . . . Damit ich dich begleiten kann . . . Mehr verlange ich nicht . . .»
«Gut. Aber du versprichst mir . . . Schließ die Augen, ich mache kurz das Licht an. Also, es ist zwanzig vor acht. Versprich mir, daß wir in zwanzig Minuten beide aufgestanden sein werden.»
«Ja», sagte er.
Sie zog sich aus, legte ihr Kleid auf den Teppich und stieg ins Bett.

Sie rührten sich nicht. Sie sprachen nicht. Sie sahen sich nicht, sie atmeten kaum. Arme und Beine behielten die zuerst gefundene Stellung bei. Die Muskeln blieben unter dem Zeitdruck angespannt. Sie lagen ganz dicht beieinander und belauerten sich.
Es war Lucas' Zimmer. Es war Lucas' Bett. Es waren seine Arme, sein Geruch und seine Haut. Sie erkannte ihn wieder. Sie hatte ihn angespro-

chen, er hatte geantwortet. Es war Lucas, und dann war er es doch auch nicht.
«Warum mißtraust du mir?»
«Ich mißtraue dir nicht . . .»
«Warum schmiegst du dich dann nicht an mich?»
«Hör zu . . . Enger ginge es gar nicht, da . . . Du merkst es doch . . .»
«Aber du bist weit weg. Du bist nicht bei mir.»
«Ich bin da», flüsterte sie, «ganz nah bei dir. Das alles ist nur in deinem Kopf. Mach die Augen zu und quäle uns nicht mehr.»
Er gehorchte.
Einen Augenblick später fing er mit dumpfer Stimme aufs neue an.
«Wenn ich dich drum bitten würde, ihn in die Hände zu nehmen, würdest du es tun?»
«Oh, Lucas . . .» sagte sie und richtete sich auf, «das ist nicht zum Aushalten! Was hast du bloß?»
«Antworte mir. Ich muß es wissen. Würdest du es tun?»
«Aber nein, ich würde es nicht tun! Selbstverständlich nicht. Du weißt es genau. Und wenn du so weitermachst, stehe ich sofort auf.»
Er machte eine Hand, ein Bein frei, und bevor sie begriffen hatte, welche Position er suchte, lag er der Länge nach über ihr und rieb sich an ihr.
«Lucas!»
Er brachte sie mit seinem Mund zum Schweigen, schob den Rand des Höschens zur Seite und drang in sie ein.

Von den Lippen, die er freigab, kam nur das Gurgeln von Speichel. Die Beine und Arme, die er freigab, hoben sich nur, um sich wieder fest um ihn zu schließen. Der Bauch, dem er Gewalt anzutun glaubte, zog ihn mit noch stärkerer Gewalt in sich hinein. Wildheit, eine stumme anmutige Wildheit hatte sich seines Opfers bemächtigt. Sein Körper reichte nicht, um diese bleiche bewegliche Spinne zu bedecken, die wuchs und wuchs, die sich im Dunkeln um ihn herum ausdehnte, ihn einrollte, ihn mit ihrer Süße verschmolz, ihm seine letzten Kräfte abnötigte ... In seiner Erschöpfung wußte er nicht mehr was tun, um sie zu befriedigen. Sie klammerte sich an seine Haare, hob ihn an den Achselhöhlen hoch und zog ihn wieder auf ihren Bauch herunter, verschwand im Kissen und tauchte wieder empor. Die Welt stand still. Sie wiegte ihn rhythmisch, und wie aus weiter Ferne hörte er sie benommen lachen.

Er verharrte wie aufgehängt, unbeweglich und wachsam.

Sie bewegte sich nicht mehr.

«Das ist gut», sagte er ganz leise, «das ist sehr gut ... Das mußte sein, bevor du singst.»

«Ich bin noch nicht fertig!» erwiderte sie wütend.

«Nein ... Es geht nicht mehr», protestierte er, «nein ... Dafür bleibt keine Zeit mehr ...»

Aber da hatte sie ihn schon bezwungen. «Es ist mir egal», schluchzte sie, «völlig egal! Es ist mir egal, absolut egal, oh ja, mir ist alles egal!»

XXII

In der Umgebung der Gartenanlagen vor dem Grand Hotel kreisten Autos auf der Suche nach einem Parkplatz. Wagentüren schlugen zu. Frauen in langen Kleidern unterhielten sich und warteten im Wind. Der Tag spiegelte sich noch im Grün der Rasenflächen. Die salzige Luft des Abends tränkte die Fensterscheiben und die seidenen Schals. Lackierte Absätze und Männerschritte überquerten einvernehmlich den Asphalt. Schwarz-weiß gekleidete Männer kehrten mit Schlüsselklirren zurück, blieben stehen, die vergessene Stola in der Hand. Sauber, parfümiert, in voller Größe reckten sich überall erhabene Silhouetten unter dem Himmel. Gebräunte und entspannte Gesichter grüßten sich stumm, sobald sie sich von weitem bemerkten ... Überall in der Stadt wurden die Oberkellner zur Eile angetrieben, zündete man sich ein letzte Zigarre an, bestellte man die Desserts und verlangte nach der Rechnung, verabredete man sich für Mitternacht zum Essen oder dem gemeinsamen Gang nach Hause und strömte in Richtung Kasino.

Einige Meter über diesen Köpfen schlief in der Hitze eines Zimmers unter einem Mann mit heruntergelassener Hose die Sängerin, die den Abend eröffnen sollte. Ihr Name, in schwarzen Buchstaben auf gelbem Grund plakatiert, schwankte draußen in der Willkür des Windes. Er wurde von Mund zu Mund aufgenommen und weitergetuschelt. Er wurde gegen ein Billet eingetauscht, er verlieh das Anrecht auf einen Sessel und ein Getränk pro Kopf. Der Saal füllte sich allmählich. Ruhig und regelmäßig ging der Atem der beiden, die schlafend nebeneinander lagen. Die Nase in ihren Haaren, den Mund geöffnet, trug er Brausen des Meeres an ihre Ohren. Nichts und niemand wollte ihnen etwas Böses.

Ein Engel berührte seine Schulter. Er erwachte.

«Blanche!»

Er machte Licht, sprang auf die Beine, schüttelte sie, rannte, das Rollo hochzuziehen.

«Blanche! Steh auf!»

Er holte ein Glas Wasser, legte das Kleid aufs Bett, nahm die Haarbürste heraus, schleppte herbei, was er konnte, beugte sich über sie.

«. . . nicht . . . be . . . we . . . gen . . .»

«Doch! Doch! Beweg dich, und zwar schnell, du mußt gleich singen!»

Ihre Augen waren riesengroß. Langsam hoben sie sich für einen Blick wie aus einer anderen Welt, der sich mit dem seinen verband und ihn nicht mehr losließ.

«Mein Gott, was kann ich nur tun? Was kann ich nur tun, um dir zu helfen?» flehte er. «Hast du Abschminke in der Tasche?»
Er kippte den Inhalt des Reisenecessaires aus, fand Watte und ein Fläschen mit irgendeiner Flüssigkeit, die er in der hohlen Hand ausdrückte. Eine weißliche Masse floß heraus. Er rieb ihr Gesicht damit ein und wischte mit der Watte darüber, wie er es bei anderen Paaren beobachtet hatte.
«Blaue ... Fla ... sche ...»
Er wiederholte den Vorgang mit der Flüssigkeit aus der blauen Flasche, steckte sich einige Stücke Schokolade in den Mund, spülte ihn mit Whisky aus, legte ihr einen Arm unter den Nacken, den anderen unter die Schenkel und stellte sie auf die Beine.
«So! Kannst du dich auf den Beinen halten?»
Er faßte eben nach ihrem Kleid, da marschierte sie los. Sie wirkte gefährlich unsicher auf den Beinen.
«Wo willst du hin?» rief er und fing sie wieder ein. Sie wandte sich ihm mit flehender Miene zu.
«Waschen?»
«Aber nein! Nein, dafür hast du keine Zeit mehr! Komm, mach schnell, heb die Arme hoch!»
Während sie über die ganze Länge ihres Kleides einen Knopf nach dem anderen zumachte, strich er ihr von hinten mit der Bürste durchs Haar. Ihre beiden Schuhe warteten schon gehbereit auf sie;

auf Lucas gestützt, brauchte sie nur den Fuß hinzuhalten, er schloß zwei Druckknöpfe zu beiden Seiten und schob sie hinaus.

«Vorwärts! Vorwärts», rief er und warf in die Tasche, was an weiblichem Zubehör auf dem Bett verstreut liegengeblieben war, «geh und hol den Lift!»

Er war vor ihr auf dem Flur.

«Es wird gehen ... Es wird sogar sehr gut gehen», sagte er und war doch nervöser als sie in dem Lift, der sie davontrug. «Du bist schön ... Du bist sehr anrührend, du riechst nach Liebe. Man sieht dir an, daß du glücklich bist», fuhr er rasch fort. «Das ist wichtig, weißt du, das kann man spüren, wenn man im Saal sitzt, auch auf den letzten Zuschauer da unten, ganz hinten im Raum wirst du überwältigend wirken, hörst du? Und ich werde dasein, um dir zuzuhören. Ich werde dich nicht aus den Augen lassen, hörst du?»

Die Türen öffneten sich. Er nahm ihre Hand, sie hasteten durch die Halle. Am Ende des Flures schwenkte die kleine Truppe herein, die Mutter und François vornweg, die auf der Suche nach einem gewissen Lucas zur Hotelrezeption unterwegs war. Man machte ihnen die Türen auf. In den Biegungen rückten die Leute zusammen, man drückte sich gegen die Wände, als der Pulk vorbeikam. «Es ist Blanche! Da ist sie, sie hat sich verspätet! Da entlang! Da entlang!» wurde laut gerufen. «Gisèle? Hilf ihr beim Anziehen!» Er reichte Blanches Sachen einem Mädchen, Blanche ließ seine Hand los, François, die Mutter überholten ihn, zwei, drei, fünf Personen stießen ihn noch an, dann sah er sich vor einer geschlossenen Tür allein.

Er mischte sich in das Durcheinander der letzten Gäste, die sich am Saaleingang drängten, zeigte seine Karte, da versperrte der Arm eines massigen Kerls ihm den Weg.

«Tut mir leid, Monsieur. So können Sie nicht eintreten.»

«Aber hier ist meine Karte, nehmen Sie sie! Was brauchen Sie mehr?»

«Eine Krawatte. Wenigstens ein Jackett, falls Sie zufällig eins haben sollten.»

Er ballte die Fäuste, nahm sich zusammen.

«Ich bin ein Freund der Künstlerin. Ich habe sie hergebracht. Offen gestanden, Monsieur, ich hatte keine Zeit, mich umzuziehen . . .»

«Es ist Vorschrift», sagte der andere, und die beiden großen dümmlichen Augen blickten in eine andere Richtung.

Vor die Wahl gestellt, den Beginn von Blanches Auftritt zu versäumen oder gar niemals hineinzukommen, traf er seine Entscheidung. Er rannte Hals über Kopf los, selbst auf die Gefahr hin zu stürzen, rannte er die ganze Strecke, die er eben erst hinter sich gebracht hatte, noch einmal hin

und zurück und stand wieder auf der Schwelle. Der Saal war noch erleuchtet. Hier und da wurden Ungeduld und Händeklatschen laut.
«Haben Sie die genaue Uhrzeit?» keuchte er schweißgebadet vor dem Kerl.
«Haben Sie die Karte?»
Er krempelte seine Taschen um, klopfte sich überall ab. Nein, er hatte sie nicht mehr.
«Bitte sehr, hier ist sie», sagte der Kerl friedlich und in bester Form. «Es ist einundzwanzig Uhr fünfzehn. In Anbetracht der fehlenden Krawatte hätte ich Sie zwar lieber im Dunkeln hineingeschickt, aber so geht es auch. Gehen Sie nur.»
«Mit Ihnen hingegen wird es nie besser werden . . .» Und voller Zufriedenheit, es dem Kerl gezeigt zu haben, brachte er sich zwischen den kleinen Tischen in Sicherheit.
Es hätte ihm gut getan, im Anschluß danach gleich noch ein paar Leute zu beschimpfen, aber niemand achtete auf ihn. Im Augenblick konnte er weiter nichts tun als die Hände zwischen die Beine zu legen und zu warten. Einige Minuten zuvor Herr der Lage gewesen zu sein, in diesen Händen dort das Schicksal des Abends gehalten zu haben, einer der Vertrauten, bald sogar ein Verwandter der Künstlerin zu sein und nun dermaßen brutal an der Seite von Taugenichtsen und Müßiggängern zu stranden, das versetzte seinem Herzen einen bitteren Stich; er kam sich verraten vor. Zwei liebenswürdige Personen baten ihn, sich

freundlicherweise einen Sessel weiter niederzulassen. Er lehnte ab. Heute abend war alles sein Werk, vom Beginn der Vorstellung bis zu dem Chaos, das hinter den Kulissen herrschen dürfte. Diese beiden Ignoranten hatten es schon allein ihm zu verdanken, seine Frau überhaupt auftreten zu sehen, sollten sie sich doch hinsetzen und den Mund halten.

XXIII

Und wenn sie nicht einen einzigen Ton hervorgebracht hätte, Blanche für sich alleine wäre schon ein Ereignis gewesen, mit ihren Formen, mit ihrer Geige, mit diesem aufgeschlitzten Kleid, unter dem sich dreist eine Gesäßhälfte abzeichnete, so wie sie dastand, stumm und aufpeitschend, wie ein vom Wind gezaustes Blatt, aufrecht, mit dem einen abseits gestellten Bein, das schon ihr Genie zu erkennen gab. Das jedenfalls würde er ihr sofort versichern, sollte sie auch nur eine Sekunde daran gezweifelt haben ... Und daß wir uns nach einigen Tönen durch sie hindurch in den Winter versetzt fühlten, in ein Tanzlokal im entlegensten Land des Ostens, oder daß wir bis zu den Sternen flogen mit einer Hure in ihrem Delirium, daß es große Kunst war, daß sie aus uns genau das machte, was sie wollte, das war es, was er ihr tief bewegt und aufgewühlt sagen wollte, als er dem letzten Applaus entfloh, um ihr als erster zu begegnen ... Dann, daß sie ihn bei ihrer Mutter und bei François entschuldigen sollte wegen der

Ängste, die seine Nachlässigkeit ihnen bereitet hatte, er würde Champagner bringen lassen, und sie sollte sich in aller Eile fertigmachen, weil er sie jetzt auf dem Motorad zum Diner in Pays d'Auge in der Normandie mitnehmen würde. Da hörte er, als er die Tür zu den Garderoben aufstieß, Geschrei und Schluchzen.

Es ging um einen Scheinwerfer, der nicht rechtzeitig geleuchtet hatte; es ging um einen Krampf und um ein verrückt gewordenes Bein, um ein Vibrato, das ihr in der Kehle steckengeblieben war, um das Gedächtnis, das ausgesetzt hatte, um zwei komplett ausgelassene Lieder, um eine Reihenfolge im Programm, die überhaupt keinen Sinn machte, um zu undeutlich ausgeführte Bühnengesten, um Dinge, die einfach nicht hätten passieren dürfen. Wo denn wohl das Tilili im ersten Stück geblieben sei, das man so lange einstudiert hatte? Die Darbietung hatte Probenniveau gehabt, aber kein Leben! Keine Kunst! Keine Wärme! Keinerlei Großzügigkeit! Keine Luft, nichts, nichts, nichts! Noch nie hatte sie so wenig an die Zuhörer gedacht ... Aha, singen wollte man also! Aber bloß nicht zuviel! Na schön, wenn sie so weitermachen wollte, bitte sehr! Bitte sehr, dann sollte sie es doch gleich sagen, daß sie nicht singen wollte, bevor sie sich lächerlich machte.

Bestürzt flüchtete er sich in einen Winkel des Korridors. Blanche weinte auf diese ehrliche und offene Weise, bei der kein Tröstungsversuch half. Ihre Mutter müßte eigentlich wissen, wer für die Situation die Verantwortung trug. Doch im Hintergrund brummten zwei Männerstimmen. Ein grelles Licht drang aus der Garderobe hervor. Wie viele waren da eigentlich in dem kleinen Raum? Er begann zu bezweifeln, daß seine Meinung als Zuschauer auch einen Hauch zur Entspannung beitragen würde. In seiner anderen Eigenschaft als Beschützer und Geliebter wiederum durfte er sie im Grunde nicht mit ihren Folterknechten allein kämpfen zu lassen. Er dachte an sie, an sich und an die Zukunft, entschied sich für das geringste Risiko und ging davon, um am Ausgang auf sie zu warten.

Es war ein regelrechter Menschenblock, der sich eine halbe Stunde später oben auf der erleuchteten Treppe zeigte. Allein in der Nacht, konnte er Blanche von unten durch die Glastüren sehen, ohne selber gesehen zu werden, wie sie, von ihren Leibwächtern umrahmt, in diesem zugeknöpften Kleid zu ihm hinunterstieg, in diesem Kleid, das er selbst ihr angezogen hatte, und er sah ihre Augen, und nach ihm suchten sie. Ein unbekannter Mann führte sie am Ellenbogen. François trug die Geige. Die Mutter an der Spitze der Gruppe verbarg nur mit Mühe ihre Verstörung. Sie waren alle ziemlich ernst und schweigsam.

Mit schlenkernden Armen trat Lucas aus dem Schatten hervor. François bemerkte ihn als erster,

beugte sich zum Ohr von Blanche, die nicht aufschaute, und beschleunigte den Schritt. Die Mutter nahm Blanche am anderen Ellenbogen und zog sie zur Seite. Wie fünf angeschirrte Ochsen schwenkte die gesamte Gruppe im Gleichschritt um und versank in der Nacht.
«Blanche!» rief Lucas.
Er lief hinter ihnen her, blieb stehen, brüllte.
«Blanche, ich muß mit dir reden!»
Aus der Gruppe, die sich weiter entfernte, löste sich eine Gestalt. Es war François. Er kam so nahe, wie es die Regeln des Anstands erfordern; er hatte den gleichen reinen Blick wie seine Frau.
«Blanche möchte nicht mit Ihnen reden», sagte er höflich. «Sie hat mich beauftragt, Ihnen das zu sagen. Sie braucht Erholung. Lassen Sie sie also in Ruhe.»
Und er kehrte wieder um.

Ich heiße Lucas Boyenval. Ich heiße Lucas Boyenval. Ich heiße Lucas Boyenval. Du hast nur meinen Vornamen und Körper kennengelernt. *Ein* Tag des Umwerbens, *ein* Tag der Liebe, und du läßt mir mitteilen, daß du müde bist. Ich kenne deine Konstitution. Ich weiß, wie weit deine Raserei gehen kann. Es ist nicht wahr, das ist nicht deine engültige Meinung. Ich begreife nicht, aber ich passe.
Ich heiße Lucas Boyenval. Ich war lange vor dir

auf Erden. Ich habe auf dich gewartet. Du hast die Unverschämtheit besessen, dich zu verheiraten. Du hast die Liebe nachgeäfft. Heute äffst du mit einem Rest von Ehemann die Freundschaft nach. Ich bin nicht erzogen worden, um mir das anzusehen, aber ich passe.
Ich heiße Lucas Boyenval. Seit dreißig Jahren suche ich dich. Ich habe dich erwählt. Ich verstehe, daß du Angst hast, daß du Mutter, Mann, Moral und den ganzen Mist des Lebens auffahren läßt, wenn du mir auszuweichen versuchst. Das wird aber nicht reichen.
Ich heiße Lucas Boyenval. Die Mädchen nennen mich den Verrückten. All diese Mädchen haben den Tag zwischen den Beinen, sie bespritzen sich von oben bis unten mit Parfum und wollen sich ständig mitteilen. Aber du riechst nach Schweiß und gemähtem Heu, du hast einen Vogel in der Kehle und die Kehle in der Möse, das liebe ich.
Ich heiße Lucas Boyenval. Ich bin ein schwieriger Mensch. Ich habe keine Familie. Ich will keine Freunde. Ich habe Schwierigkeiten mit dem Glück. Seit dreißig Jahren weine ich nicht mehr. Heute nacht hast du mich zum Weinen gebracht. Für dich werde ich mich ändern.
Ich heiße Lucas Boyenval. Ich habe dich erkannt, du bist meine Frau. Ich biete dir an, das Leben zu genießen. Ich biete dir an zu leben. Ich biete dir an, ein bißchen weiterzukommen als die anderen.
Ich heiße Lucas Boyenval.

Ich erwarte von dir, daß du da bist. Ich erwarte von dir, daß du dableibst. Ich erwarte, daß mein Kind aus dir kommt. Ich erwarte, dich immer mit weißer Haut und immer nur als Frau zu sehen.
Ich bin bereits älter als mein Vater.
Ich heiße Lucas Boyenval.
Lucas Boyenval, Sohn einer untreuen Mutter, glaubt nicht, daß er noch länger warten muß.
Lucas Boyenval, von Todeseltern geboren, darf nicht mehr verlassen werden.
Lucas Boyenval, Sohn eines Mörders, denkt nicht daran zu verzichten.
Lucas Boyenval ist sanft.
Er versteht, daß seine Frau sich erholen muß. Er beunruhigt sich nicht. Er wird essen. Er wird zu Bett gehen. Er wird nicht schlafen, er wird nicht weinen, und sie wird zu ihm zurückkommen.

XXIV

Die Krater der beiden Augen und der Mond dieses unglaublichen Abends bildeten für ihn allein ganz umsonst Blanches Kopf bei ihrem Auftritt nach. Das war das Zeichen. Er stand breitbeinig da und strengte seine Vorstellungskraft noch einmal an. Dieser Mond hatte schon die Nacht der Hirten und Herden zur Zeit Christi mit grünem Licht erhellt, dieser Mond hatte schon über den See und den Wald gewacht, hatte die letzten Bewegungen seiner Eltern gesehen, es war ganz und gar derselbe, ein wenig ausgebeulte Mond, der sie und ihn an diesem Abend getrennt sah, er mußte genausogut sehen, trotz der Kohorte pausbäckiger Gebilde, die aus dem Westen herübergeweht waren und um seinen Hof herumzogen, wo auf dieser Erde Blanche sich versteckte und mit wem. Zum Vollmond fehlte Frau Luna bloß eine Kleinigkeit; gewisse tolle Frauen, denen es an Selbstvertrauen fehlte, hatten unterschiedlich hohe Schultern . . . Aber er erkannte sie. Es war dieselbe Frau Luna des Juli, liederlich auf dem einen Auge, scheinheilig auf dem anderen, bald lustig, bald unzugänglich, ganz wie Emilie, die nichts sagen wollte, ganz wie die Lebensmittelhändlerin, die einen Sou zuviel einsteckte, ganz wie Anne-Clarisse, die sich hinter einem Lächeln versteckte. Man legte ihn nicht ein zweites Mal herein. Wenn Blanche nicht morgen, in einer Stunde, in fünf Minuten, ja augenblicklich die Tür aufstieß, würde er sich aus dem Fenster stürzen.

Ein Luftzug streifte seine Schultern, hob das untere Ende der Vorhänge. Zwei zornige Wellen überfielen das Ufer, und das Meer war plötzlich still. Ein leichtes Knarren des Fußbodens bestätigte ihm, daß sie da war. Er hörte ihren unregelmäßigen Atem.

«Ich bin zurückgekommen, um dir mitzuteilen, daß ich . . .»

«Ich weiß. Schließ die Tür.»

Blanche gehorchte und blieb auf der Schwelle stehen. Während er ihr noch den Rücken zudrehte, nahm sie mit den Augen in aller Eile sein Bild wahr, betrachtete zur Erinnerung die kräftigen, in Weiß gehüllten Beine im Dämmerlicht, die unordentlichen Bügelfalten der Hose, die Wölbung der Waden, die von den Fäusten aufgeblähten Taschen und die gewaltige schimmernde Seitenansicht dieses nackten Oberkörpers, auf den ein sanftes Mondlicht fiel und an dem jede Sehne, jeder Muskel glänzte und unter der Anspannung des Lauerns bebte.

«Ich bin zurückgekommen, um dir zu sagen, daß du vor allem nicht . . .»
«Hab keine Angst. Ich liebe dich.»
«Laß mich aussprechen, Lucas. Es fällt mir so schon schwer genug. Ich fühle mich nicht stark genug, um . . .»
«Ich verlange nichts von dir.»
«Und ich verlange von dir, daß du mir einen Augenblick zuhörst. Ich kann und will dich nicht verlassen, ohne . . .»
«Wer verlangt von dir, daß du mich verläßt? François?»
«Nein, nicht François, und darum geht es auch gar nicht. Ich lege einfach Wert darauf, dir zu erklären, warum ich . . .»
«Ich fand deinen Mann rundherum sympathisch. Nur seine Beine sind ein wenig anmaßend, das ist bei Reisenden nicht üblich . . .»
Sie war verblüfft.
«François ist alles mögliche, nur nicht anmaßend», sagte sie.
«Ich spreche nicht von ihm. Ich spreche von seinen Beinen.»
«Ich glaube vor allem, daß du redest, um mich am Reden zu hindern. Ich bin erschöpft. Ich gehe jetzt nach Hause und lege mich schlafen. Ich werde morgen einen Brief für dich hinterlegen.»
«Ich. Ich. Ich . . .», sagte er von weit her. «Dein Egoismus kennt wirklich keine Grenzen.»

«Morgen wirst du mich verstehen. Gute Nacht, Lucas.»
«Morgen werde ich nicht mehr dasein», sagte er und wandte sich langsam um.
Sie traf der Schock. Aber sie fing sich augenblicklich.
«Um wieviel Uhr reist du ab?»
«Sofort.»
Blanche wahrte Stillschweigen. Lucas ließ es dauern. Er verharrte in seiner Stellung. Sie hatte sich hinter die Deckung ihrer Haare geflüchtet. Sie trug keine Tasche über ihrer Schulter, nur einen Schlüsselbund in der Hand, wie wenn sie Brot holen gehen wollte, und ihre Arme leuchteten hell im Dunkeln.
«Du hast mein Kleid angezogen . . .», flüsterte er.
«Ja.»
Er ging behutsam auf die Kommode zu.
«Ich habe eins von deinen Zigarettenpäckchen wiedergefunden. Ich habe es aufgehoben.»
Er hielt es ihr hin.
«Nimmst du eine? Willst du rauchen? Setzen wir uns doch einen Augenblick. Ich denke, ich kann meine Abreise noch ein paar Minuten hinauszuschieben.»
Blanche ließ den Türgriff los. Sie wußte bereits nicht mehr, wie sie durch dieses Zimmer gehen sollte. Sie war verlegener als ein fremder Gast, als sie sich in Bewegung setzte, und erreichte den ersten Sessel, während er zwei Gläser und etwas zum Einschenken suchte.

Blanches Sessel blickte zum Fenster hinüber. Lucas ließ sich in den anderen fallen. Sie waren durch einen kleinen runden Tisch getrennt. Auf Blanches Knien und auf der Spitze eines Schlüsselbeines glänzte der Mond. Nur die Glut der Zigarette verlieh diesem Gesamtbild von Weiblichkeit mitunter einen Hauch von Wärme.

«Von wem stammt der Text deiner Lieder?»

«Einen hat meine Mutter geschrieben. Die übrigen sind von mir.»

«Was ich gehört habe», begann er, «kam mir ganz und gar außergewöhnlich vor. Ich habe mich gefragt, wie du das alles wissen kannst . . . Es gibt bei dir eine überraschende Mischung aus Heidentum und . . .»

«Bitte», murmelte sie. «Nichts könnte mir so gut gefallen wie Komplimente von dir . . . Aber wir haben wenig Zeit. Und ich möchte mit dir sprechen.»

«Sei doch nicht so kleinlich!» schrie er wutentbrannt. «Um die Zeit kümmere ich mich schon! Wir werden uns die Zeit nehmen, die wir brauchen.»

Und leiser fügte er hinzu:

«Haben wir sie uns nicht immer genommen?»

«Nur ist es schon sehr spät und Zeit zum Abschied nehmen», antwortete sie. «Ich bitte dich also, machen wir Schluß damit. Ich wollte nicht, daß du durch meine Schuld eine schlechte Nacht hast, und wollte dir sagen, daß . . .» «Du wirst es mir unterwegs sagen!» erwiderte er und stand in äußerster Erregung auf. «Du hast recht, es ist zwecklos, noch eine Nacht zu warten. Zieh diesen Pullover über. Es wird windig sein. Wir brechen sofort auf.»

Er war in einen Ärmel seiner Leinenjacke geschlüpft, die er über die nackte Haut streifte, der andere flatterte ihm im Rücken. Mit dem Seesack in der Hand lief er kreuz und quer durchs Zimmer, wobei Gesten und Äusserungen immer zusammenhangloser wurden. Blanche erhob sich, warf den Pullover zurück.

«Du kannst deinen Pullover behalten!» rief sie.

«Du täuschst dich», sagte er, ohne sich umzudrehen. «So früh am Morgen ist es kalt auf dem Motorrad. Wir müssen über Berge fahren. Wo habe ich mein Taschentuch hingelegt? Hast du das Taschentuch nicht gesehen? Du mußt es beiseite gelegt haben, versuch dich zu erinnern . . . Es ist nicht wichtig, wir werden es nicht wiederfinden, es gibt ganze Stapel da unten . . .»

«Wo ist das, da unten?» kreischte sie.

«Ich habe ein großes Haus auf dem Lande, schön und geräumig, habe ich dir das nicht erzählt? Dort ist es im Winter warm und im Sommer kühl . . . Ich denke oft: Das ist ein Haus, das lebt, es knarrt, es ruft, und ich bin nicht da . . . Du wirst sehen, du wirst mir sagen . . .»

Er kehrte ohne ersichtlichen Grund um und stol-

perte dabei über Blanche, die heimlich nach draußen zu kommen suchte. «Was tust du da?»
Er blendete sie mit dem grellen Licht der Deckenlampe.
«Aber ... ich gehe hinaus», sagte sie und wich vor ihm zurück. «Hast du nicht gesagt, daß wir aufbrechen?» Sie sah seine Oberlippe zittern. Mit erweiterten Pupillen, einen feinen Schweißfilm auf der Stirn, rückte er vor, bis sie gegen die Heizung stieß.
«Das ist nicht wahr. Du gehst nicht hinaus. Jetzt lügst du. Du gehst nicht nach draußen, ich habe das Zeichen zum Aufbruch nicht gegeben. Es ist keineswegs so, daß du auf den Flur willst, du willst nur ohne mich aufbrechen. Warum lügst du, seit wann belügst du mich?»
«Seit wann hält man eine Frau mit Gewalt zurück!» rief sie in Panik. «Das tut man nicht, was du jetzt machst! Du glaubst doch wohl nicht, daß ich dir so einfach folge, egal wohin! Ich kenne dich doch gar nicht! Was denn, wir haben eine Nacht zusammen geschlafen, was sonst? Was bist du denn bis jetzt, eine Kneipenbekanntschaft, nicht mal ein Freund, sag mal, bist du krank, oder was?»
Sie rannte mit solcher Entschlossenheit zur Tür, daß der Schmerz an den Haaren, der sie festhielt, sie zwang, eine Hand zu heben und den Mund aufzureißen. Mit einem Knacken des Knochens schlug ihr Hinterkopf gegen die Schulterblätter.

Sie stürzte in die Knie. Er brauchte die Masse nur mit dem Handgelenk zum Pendeln zu bringen, wie ein Ball in ein Netz, so prallte der Kopf gegen die Kommodenecke. Er sah und wußte nichts von dem Fieber, das in ihm wütete und das Gewicht eines menschlichen Kopfes so leicht machte für seinen Arm, er wußte nur, daß jeder ausgeteilte Schlag notwendig war und zur rechten Zeit fiel, immer besser und immer genauer dem ihm eigenen Bedürfnis entsprach wie all sein Tun, gut zu machen, zu gut zu machen, leidenschaftlich bis zur Erschöpfung zu Ende zu bringen ... Verwundert nahm er wahr, das Blut spritzte. Er hielt abrupt inne.

Seine Hand umklammerte ein Büschel Haare. Ihm zu Füßen lag der Körper einer jungen Frau. Ein dunkler Fleck auf dem Teppich wurde größer und größer. Das Rauschen des Meeres drang ihm wieder in die Ohren. Bittere Galle stieg ihm in die Kehle. Er bückte sich, um zu sehen, wer die Frau war und erkannte Blanche.

XXV

Eine dicke Fliege machte sich im Raum bemerkbar. Rundlich und sorgenvoll, summte sie einen Augenblick lang, dann war sie still. Sie saß irgendwo auf einem Möbelstück. Sie waren jetzt also zu dritt in diesem Zimmer, das sich zum Universum öffnete. Kein Stern, keinerlei Bewegung. Auf halber Fensterhöhe tauchte der schwarze Himmel in das orangerote Licht der Deichlaternen. Die Luft war mild, von Vogelkot- und Algengeruch durchzogen. Sessel und Tische schwammen im Dunst. Er fühlte sich merkwürdig wohl. Blanche ruhte. Oben auf ihrer Wunde bildeten sich kleine Blasen, aber ihr Gesichtsausdruck wirkte glücklich und lebhaft. Lucas stand auf, löschte das Deckenlicht und setzte sich wieder in ihre Nähe. Die Fliege nahm ihre Runden munter wieder auf. Noch nie hatte eine kleine Musik es vermocht, so wie jetzt die Mittagsstunden der Kindheit, die sonnenbeschienenen Mauerflächen, das Grasfleckchen hinter der Kirche, den Brotschrank, die warmen Fliesen, die Kühe und das träge Pendeln ihrer Schwänze, die Eidechsen, die Blindheit der Tage den Menschen zurückzubringen, die all das endgültig verloren hatten ... Daß diese Freuden ausgerechnet durch eine junge Fliege für sie beide mitten in der Dunkelheit aufleuchteten und wiedererstanden, als wäre der nächste Morgen bereits da, warf ihn neben Blanche zu Boden. Auf dem Teppich flüsterte er ihr ins Ohr.

«Wir haben eine Freundin zu Gast», flüsterte er ihr zu. «Horch ...»

Da sie sich immer noch im gleichen Zustand befand, brauchte sie ein wenig Zeit, um zu antworten. Stunden, ganze Nächte lang hätte er an ihren Lippen gehangen, an diesem Geruch von schlafender Frau, und der Enstehung eines einzigen Wortes gelauscht.

«... hö .. re es ...»

«Du hörst es», wiederholte er, verrückt vor Freude, «es ist die Fliege!»

Wie glatt die Haut ihres nach hinten geneigten Gesichts war, wie schön war seine Blanche im Heiligenschein ihrer Haare! Sie war endlich wieder zu der geworden, die er liebte, sie war nicht mehr als ein Baby, das ohne Hilfe nicht laufen konnte.

«Oh Blanche», rief er aus, «hast du wirklich geglaubt, ich würde dich in das Haus stecken? Aber ich weiß doch, und du weißt es auch, daß man sich langweilt in Häusern! Warte, warte ...»

sagte er aufgeregt, während er um sie herumkroch, «ich habe ganz andere Pläne für uns ...»
«...weiß ...es ...»
«Hör mir zu, ich glaube... Ich weiß ...Ich fühle ... Ich fühle» – seine Stimme wurde heiser, Tränen liefen ihm über die Wangen und über Blanches Hals – «ich fühle ... Ich fühle, Blanche ... Ich fühle, daß hier ... für uns ... hier ...»
«... kei ... ne ... Angst ...»
Er hob den Kopf. Es war deutlich: sie lächelte.
«Keine Angst wovor, Blanche? Keine Angst wovor? Sag, wovor braucht man keine Angst zu haben?»
Und mit derselben verrückten Hoffnung, demselben Beben, das ihn erfüllt hatte, als er in der Einsamkeit seines Zimmers darauf gewartet hatte, daß einmal, ein einziges Mal für ihn allein von den Lippen des Gekreuzigten irgendein unerhörtes Wort gekommen wäre, das ihn gnädig geleitet hätte, heftete sein Blick sich unvermittelt auf diesen Mund, der schon von den Flügeln des dunklen Schmetterlings gezeichnet war.
«... ster ... ben ...» sagte sie.
Plötzlich kratzten ihre Finger über den Teppich.
«... schlecht ... schlecht ...»
Sogleich warf er sich über sie.
«Weiter, Blanche! Weiter, ich folge dir! Sprich weiter, es ist nicht mehr weit! Weiter, es ist da, es ist da, wir sind am Ziel ...»
Und während es tief in seiner Kehle weiterklang

und er an einer Brustwarze fühlte, kniff er langsam die Nasenflügel zusammen. Und Blanche, in einem Taumel akustischer und körperlicher Ereignisse davongetragen, vergaß den Schmerz, schon waren ihre Umrisse mit den seinen verschmolzen, die Zunge eingerollt in die dieses Unbekannten von der Straße, in dem sie sich wiedererkannt hatte. Allen Widerstand hatte sie aufgegeben, wie sie es immer getan hatte. Blanche gab in dieser Samstagnacht auch ihr Leben auf.

Zum Gedenken an die Fliegen von damals, die malträtierten Frösche, die in ihrem Nest verbrannten Wespen; zum Gedenken an jene Vögel, die während der Nacht im Tal der Schlaflosigkeit sangen – auf daß die Pfeifer der schönen Tage sterben und abermals an ihrer Gewöhnlichkeit sterben, zum Gedenken an das Rauschen der großen Bäume im Regen; zum Gedenken an die Brennesseln, die ihre weißen Köpfe über die Gräber armer, in Keksdosen eingesperrter Katzen senken; zum Gedenken an die Lebensmittelhändlerin Marie; zum Gedenken an die falsche Anne-Clarisse; zum Gedenken an Onkel Edouard, der schlimmer als ein Schweinehund war; zum Gedenken an die ehelichen Bettücher, die der Wind auf dem Lande trocknete; zum Gedenken an umgestoßene Gläser, volle Aschenbecher und Umschläge, die man morgens im kalten Kamin des Salons wiederfand; zum Gedenken an die Mondnächte im Internat; zum Gedenken an die Löffel voll Riesenkürbis und an das Ausreißen im Schlafanzug über feuchten Boden; zum Gedenken an den von Schluchzern und kleinen Gebeten unterbrochenen Schlaf; zum Gedenken an alles, was in dieser langen, zu langen Gnadenfrist niemals etwas anderes als Lüge und nichtssagende Wiederholung gewesen war bis zu dieser Offenbarung der Existenz einer absoluten Frau, leidenschaftlich schön, anrührend, die alles zu geben imstande war – er hob, den Nacken auf Blanches Bauch gebettet, die Pfeife in der Hand, abwechselnd weinend und lachend, sein Glas.

XXVI

Vor dem Morgengrauen des dritten Tages, zur Wiederkehr der Stunde, als Blanche zum ersten Mal hier eingetreten war, verließen sie zusammen das Zimmer und schlossen die Tür. An ihn geschmiegt, die Wange auf seiner Schulter, ganz verschlafen hinter der berühmten Mähne ihrer Haare, sah sie wirklich reizend aus in dieser Männerjacke, die viel zu groß für sie war. O Gott, der kleine Rock des ersten Abends, dieser kleine Rock, den sie in Paris getragen hatte, wie er ihm wehgetan hatte, dieser kleine Rock! Kurz oder lang, was diese Frau auch trug, wie groß ihre Müdigkeit auch sein mochte, sie wirkte immer verrückt.

Hüfte an Hüfte, wie ein Gespann auf drei Beinen, gingen sie an der Wand des Flurs entlang und ruhten sich von Zeit zu Zeit daran aus. Ein unvermitteltes Geröchel erschütterte die Stille, ein Schnarchen hinter einer Wand und manchmal das Stöhnen eines Körpers, der sich im Bett umdrehte. In einigen Stunden würde allen das

Frühstück serviert. Die Bestellzettel hingen noch an den Türgriffen.
«Soll ich dich tragen?» flüsterte er ihr zu. «Zieh deine Schuhe aus . . .»
Sie ließen ihre zwei Paare Schuhe nebeneinander auf der Schwelle vom Zimmer 412 stehen und verschwanden Arm in Arm in Richtung Lift. Und landeten in der dunklen Halle und gingen an der Rezeption vorbei. Dicht über dem Empfangstisch erschienen drei Haare, zwei kleine, von unten beleuchtete rot-blaue Augen, «Zimmer 420», sagte Lucas strahlend, ohne stehenzubleiben, «wir gehen jetzt zu unserer Hochzeit.»
«Dann wünsche ich Ihnen, daß Sie glücklich werden», sagte der Mann an der Rezeption.
Die Stimmen hallten in den Säulenreihen wider.
«Ich fürchte, glücklicher können wir nicht mehr werden, Monsieur», sagte Lucas, «sehen Sie selber . . .»
«Ah, sicher der Champagner . . .»
Das Tosen des Meeres drang in die Halle hinein, die Nacht trug sie fort.

Die Deichbeleuchtung ließ im Wechsel von Licht und Schatten überall am Strand die Fußspuren hervortreten. Weiter hinten, am Ende, sang das Meer. Sie fielen fast die kleine Treppe hinunter. Einer über den anderen wie von den Höhen in eine Waschschüssel stolpernd, allein, aber zu

zweit in der Unendlichkeit, entfernten sie sich von der Küste und ihren Laternen. Er aufrecht auf den Horizont zumarschierend, sie in seinen Armen ruhend, so verschmolzen sie zu einem Kreuz. Die umschlagenden Winde wollten sie für die Zeremonie bald mit Seitenscheitel, bald mit herunterfallendem Pony frisiert. Seine Zehen drückten sich in den kalten Sand. Die Augen auf die Trennungslinie zwischen Erde und Wasser gerichtet, gewann er Meter für Meter an Boden. Das zurückflutende Meer hatte ihm genau in dem Moment sein Bett aufgeschlagen, als die Guten dieser Welt ihm das Leben verderben wollten und sich darauf versteift hatten, es vor ihm zuzumachen und die Decken rundherum fest einzustopfen. Und was gibt es in der Tat Sympathischeres als ein weit aufgeschlagenes Bett? Während er ging und ging, geradeaus, auf nackten Füßen, stampfte er die feste Fläche nieder, über der ein wenig weiter die großen Bettücher sich wehend in der Nacht erhoben. Für einmal, da weder Gott noch Menschen widersprechen konnten, zumal sie nur ihre ursprüngliche Kleidung trugen, zog er sich inmitten der Pfützen hastig aus, und Blanche bis auf die Haare. Sie strahlte ins Licht.
Seine Geliebte auf dem Rücken, auf afrikanische Art in sein großes Hemd gewickelt, die angebeteten Arme um den Hals und mit tobendem Herzen ging er tänzelnd durch die Gischt. Es war kalt. Es war gewaltig. Es war das Fest. Zwei Wellen ohr-

feigten ihn. Schlag auf Schlag. Er hob den Kopf. Es war nicht gesagt, ob Lucas Boyenval als Mensch, auf den beiden Füßen, mit denen die Natur ihn ausgestattet hatte, in dem Wasser so lange und so weit laufen würde, wie seine Größe es ihm erlaubte. Und Schenkel unter beiden Armen wie zwei triefende Fische, die er ins Meer zurückbringen mußte, schritt er stolz in seiner ganzen Länge den Wellen entgegen. Es schien ihm bald, daß sie nur ängstlich waren, daß sie sich sogar vor ihm versammelten, bevor sie sich jämmerlich ans Ufer verzogen.

«Hast du das gesehen?» rief er. «Sieh dir die da an!» Er lachte ihnen entgegen.

Daß die Schafe auf dem Lande sich vor seinem Motorrad besprangen, mochte noch hingehen. Aber wenn selbst das Meer feucht wurde, dann war es wirklich Zeit, die Welt zu verlassen. Und weil der Mond ihnen golden den Weg wies, weil die Strömungen sie ins offene Meeer hinaustrugen, weil Blanche auf seinem Rücken immer zärtlicher, immer leichter wurde, weil ihre Lippen ohne Unterlaß seine Schulter liebkosten, die Schulter und das Ohr, das Ohr und die Schulter, und weil er sehr müde war, rollte er sich zusammen und ließ sich von den Wellen wiegen.

Bailey, Douglass
Shimabara
Japan 1630: Soldaten im Dienste ehrgeiziger Jesuiten kämpfen mit den kaiserlichen Armeen des Shogun. Und inmitten von Krieg, Blut und Gewalt wächst die verbotene Liebe zweier Menschen, die für ihr Glück ihr Leben aufs Spiel setzen...
400 S. [1591]

Africano, Lillian
Straße der Sehnsucht
Nach vielen Ehejahren, in denen sich Kate nur ihrem Mann und den Kindern gewidmet hatte, wird sie von ihrem Partner verlassen. Doch sie geht ihren Weg – aus der Tiefe ihrer Verlassenheit zu Erfolg und Glück. 368 S. [1431]

Demski, Eva
Scheintod
Frankfurt, Ostern 1974. Ein Anwalt der linken Szene wird in seiner Kanzlei im Bahnhofsviertel tot aufgefunden. Natürlicher Tod, Mord oder Selbstmord? Seine Frau, die von ihm seit Jahren getrennt lebte, ist plötzlich gezwungen, sich mit seiner Arbeit, seinem Leben und auch mit ihrer Liebe zu ihm auseinanderzusetzen.
368 S. [1240]

Ferolli, Beatrice
Fährt ein Schiff nach Apulien
Seit Jahren ist Simone, Dozentin an einer Universität, mit Sebastian verheiratet. Als ihr Mann nach Amerika geht und ihr Sohn auszieht, entdeckt sie, daß einige ihrer Studenten sie mehr als nur verehren... 496 S. [1446]
Sommerinsel
Im Mittelpunkt dieses Liebesromans steht die erfolgreiche Bühnenautorin Karen und der berühmte amerikanische Dichter Thornton King – es ist Liebe auf den ersten Blick. Schon drei Tage später ist Karen auf dem Weg nach Amerika, um mit King zusammenzuleben. Doch nicht nur Freunde besuchen die beiden Liebenden auf der Sommerinsel...
496 S. [1401]
Die Kürbisflöte
Das Mädchen Angharad wird in einem englischen Klosterinternat streng erzogen. Erst der Tod des Adoptivvaters beschert dem Mädchen und seiner Mutter in Indien ein gemeinsames, schöneres Leben. Doch die rätselhafte Melodie des Schlangenbeschwörers in Delhi erzählt von drohendem Unheil... 464 S. [1463]

Hunter, Evan
Alles Liebe, Dein Daddy
Wenn der Vater anfängt, sich zu emanzipieren, kommt so manche progressive Tochter ins Schleudern. Die bekenntnishafte Geschichte der spannungsreichen Liebe zwischen Vater und Tochter. 368 S. [1460]
Saat der Gewalt
Terror und Gewalt, Haß und Argwohn erwarten einen jungen Lehrer an der Schule eines der verrufensten Bezirke New Yorks. Doch nach harten Kämpfen gelingt es ihm, seine Schüler in den Griff zu bekommen.
352 S. [1249]

Jong, Erica
Fallschirme und Küsse
Erica Jong beschreibt das turbulente Leben der seit »Angst vorm Fliegen« überaus bekannten Isadora Wing. Voller Klugheit wird der Weg einer Frau zu sich selbst geschildert.
544 S. [1511]

Kary, Elizabeth
Liebe, Ehre und Verrat
Die atemberaubende Geschichte einer großen Liebe vor dem Hintergrund des britisch-amerikanischen Krieges.
512 S. [1502]

Romane

Knaur

Bronnen, Barbara
Die Tochter
Katharina Bebra, vierzig, geschieden, ein Kind, will nicht länger nur »die Tochter« sein – Tochter in einer »Frauenfamilie«, aber auch Tochter eines berühmt-berüchtigten Vaters, den sie nur aus Erzählungen und der Literaturgeschichte kennt. Sie erkennt, daß sie selbst einen anderen, neuen Weg gehen muß. 256 S. [1327]

Die Überzählige
»Anfänge gibt's zuhauf, aber Ende gibt's nur eins. Ich will ein gutes Ende, das habe ich verdient.« Die diese Worte spricht, ist 94. Urgroßmutter und Pflegefall. Ihre Enkelin Franziska ist die Ich-Erzählerin eines Leidensweges, der damit beginnt, daß man ihr die Pflege der Großmutter »zuschanzt«. 304 S. [1466]

Brown, Dee
Du folgtest dem Falken, Amayi
Eine indianische Familiensaga. Im Mittelpunkt steht eine ungewöhnliche, faszinierende Frau: die Häuptlingstochter Amayi. 432 S. [1166]

Kazan, Elia
Der Mann aus Anatolien
Manhattan in den ersten Jahrzehnten unseres Jahrhunderts: Ein junger, anatolischer Grieche sucht und findet den Weg nach oben. Kazan schildert die Zähigkeit, mit der der junge Geschäftsmann dem »amerikanischen Traum« nachjagt. 592 S. [1454]

Spungen, Deborah
Einstichpunkte
Eine wahnsinnige Sucht nach Liebe.
Deborah Spungens Buch ist der erschütternde Bericht über den Tod ihrer Tochter Nancy, die von ihrem Freund Sid Vicious von der Punk-Gruppe »Sex Pistols« im Drogenrausch getötet wurde. 384 S. [1512]

Stevenson, Richard
Todesnummer
Der Mord an einem Disc-Jockey macht Schlagzeilen. Der Hauptverdächtige Billy Blount ist verschwunden. Ein nervenkitzelnder Krimi aus der Gay-Scene New Yorks. 336 S. [1391]

Kotzwinkle, William
Jack in the Box
William Kotzwinkle ist der Autor des Weltbestsellers »E.T.« und gilt als Geheimtip unter den modernen Autoren. 288 S. [1198]

Königin der Schwerter
Nach fünfzehn Ehejahren verläßt der wenig erfolgreiche, aber um so eifriger joggende Schriftsteller Eric über Nacht Frau und Haus, um an der Seite einer vorzeitig ergrauten, raubtierhaften Komponistenwitwe glücklich zu werden... 240 S. [1578]

Weihnachten für Wellensittiche
Im Kaufhaus Fontaine's geschehen in der Weihnachtsnacht wundersame Dinge. Eine bezaubernde Geschichte voller Witz, Schärfe und Humor. 240 S. [1186]

Susann, Jacqueline
Yargo
Als Janet auf Yargo trifft, weiß sie, daß nur er der Mann ihres Lebens sein kann. Leidenschaftlich beginnt sie, um ihr Glück zu kämpfen. 224 S. [1015]

Romane